CONCURSOS UAM DE CREACIÓN 2024

XXXIII CONCURSO DE CUENTO
XXIV CONCURSO DE POESÍA
X CONCURSO DE TEATRO BREVE
VII CONCURSO DE MICRORRELATO
VII CONCURSO DE HUMOR GRÁFICO

UAM
Ediciones

Carlos Aymí Romero
Andrea Escobar Monje
Sergio Carretero Jiménez
Antonia Maluenda Philippi
Luis del Gozo
Francisco Sacristán Romero
Alfonso Gálvez Gómez
Fernando Benito F. de la Cigoña
Gonzalo Abad Martínez
Rosa Alvarado Pesquera
Ana Isabel Ucendo Carmona
Eugenia Criado
Carlos Portugal
Rodrigo Bravo Díaz
Arturo Wong Sagel
Elisa Fernández Rodríguez
Abraham del Río Serantes
Irene Bodega Casado
Lucía García-Gil Simancas
Gloria Derval

DISEÑO DE INTERIORES Y CUBIERTA
David Sueiro

EDICIÓN Y CORRECCIÓN
Gonzalo Rute

MAQUETACIÓN
Sara Pantoja

Servicio de Publicaciones de la Universidad Autónoma de Madrid
Ciudad Universitaria de Cantoblanco, 28049 Madrid
www.uam.es/publicaciones
servicio.publicaciones@uam.es

ISBN: 978-84-8344-967-7
e-ISBN: 978-84-8344-968-4
Depósito legal: M-6119-2025

Con la colaboración del Máster de Edición de la Universidad Autónoma
de Madrid: Taller de Libros.

Índice

Noticia de este libro

Los Concursos UAM de Creación están abiertos a toda persona vinculada jurídicamente con la Universidad Autónoma de Madrid, ofreciendo la posibilidad de participar en las modalidades de cuento, poesía, teatro breve, microrrelato y humor gráfico. Las bases establecen que los trabajos deben ser originales e inéditos.

En la edición del curso 2023-2024, se presentaron un total de 293 obras. Nuestro más sincero agradecimiento a todas las personas participantes, cuyo talento y creatividad han hecho posible, un año más, la continuidad de esta iniciativa.

Este volumen reúne los trabajos de una veintena de autoras y autores. Aunque representan solo una pequeña fracción de nuestra comunidad universitaria, reflejan la gran calidad creativa que emana de la UAM. La diversidad de procedencias, formaciones y afiliaciones es notable: desde estudiantes de Medicina o Psicología hasta profesorado de Ciencias, pasando por Personal Técnico, de Gestión y de Administración y Servicios, así como estudiantes de máster, doctorado y AlumniUAM+.

Este libro es también fruto de la dedicación de un jurado que analiza, debate y selecciona cuidadosamente cada obra. Nuestro agradecimiento a quienes han asumido esta labor con compromiso y profesionalidad. En la modalidad de cuento, participaron D. Rodrigo Bravo Díaz, D. Iván Martín Cerezo y Dª Beatriz Sisto Rojo; en poesía, D. Carlos Sabín Lestayo, D. Javier Pérez-Castilla Álvarez y Dª Josefina Perles Hernáez; en teatro breve, D. Luis Calero Rodríguez, D. Jorge Tomás García y Dª Ana Julia Carattino; en microrrelato, Dª Javiera Pilar Pizarro Hillmer, Dª Carmen Hidalgo Giralt y Dª Rosa María Navarro Romero; y en humor gráfico, Dª Susana Gala Pellicer, Dª Eugenia Criado Clemente y D. Luis Fernández Colorado.

Agradecemos a UAM Ediciones su apoyo en la publicación de este libro y su labor en la difusión de nuestras iniciativas culturales a través de ferias y foros editoriales. Como es tradición, los trabajos premiados fueron presentados en los actos conmemorativos del Día Internacional del Libro organizados por la UAM. En esta edición, además, algunos relatos pudieron ser escuchados en un vídeo producido por la Unidad de Apoyo a la Docencia, permitiendo que su eco perdure en internet.

Los Concursos UAM de Creación, promovidos por la Oficina de Actividades Culturales, buscan fomentar la escritura literaria y la ilustración artística. Con libros como este, esperamos contribuir, una vez más, al placer de la lectura dentro y fuera de la UAM. ¡Un año más, pasen y lean!

Félix Zamora Abanades
Vicerrector de Transferencia, Innovación y Cultura

XXXIII Concurso de cuento

XXXIII CONCURSO DE CUENTO
Primer premio

Cerillas tormenta
Carlos Aymí Romero

Estaremos de acuerdo en que no es lo mismo encontrarse una cerilla en una cocina que en una biblioteca. Yo, al menos, en mis treinta años de bibliotecario, nunca me había topado con ninguna a la hora de colocar los libros. Que además el fósforo estuviera varado en la subsección de psicopatología no ayudó a tranquilizarme.

Sin embargo, tras examinar minuciosamente esa balda y las de alrededor, no hallé más elementos amenazantes; los volúmenes estaban en su sitio, sus lomos guardaban la geometría que me gusta darles y no había ningún conato de incendio. Tan solo la cerilla, la extraña cerilla.

Más tranquilo, guardé en mi puño la pequeña arma y pensé en comentar con Helena la violencia simbólica que encierra abandonar algo así en nuestra biblioteca. No tardé en esbozar una mueca al caer en lo evidente, mi compañera de trabajo en las últimas décadas se había jubilado hacía más de un mes, y le había sustituido una joven agradable, dicharachera y voraz lectora, con quien, culpa mía sin duda, yo no congeniaba. De vuelta al mostrador, centrifugué numerosas ideas hasta que opté por tirar la cerilla y olvidar el asunto. Sencillamente, elegí creer que se trataba de algo sin importancia. No había visto nada ni a nadie fuera de lugar, antes o después del hallazgo, no había advertido rastro de fuego, era viernes, e íbamos a cerrar en breve. El incidente, me dije, acaba justo aquí.

Una segunda cerilla apareció tres semanas más tarde. La encontré a cuatro baldas de distancia de donde había aparecido la primera. Esta vez, en la sección de mitologías y religiones. Por qué el cambio de ubicación, me pregunté, mientras guardaba el fósforo en el bolsillo, tras mirar alrededor y comprobar que nadie me observaba. Y, más importante todavía, quién andaba detrás de aquella provocación. La casualidad o el descuido, posibles la primera vez, quedaban descartados.

Lo normal habría sido contarle a mi joven compañera de turno lo que ocurría. Preguntarle si había encontrado alguna cerilla o si había advertido en las últimas semanas cualquier anomalía. Lo protocolario habría sido comunicarle cuanto antes a mi jefa lo sucedido, aunque no tuviera nada claro qué era lo que sucedía. Lo lógico habría sido actuar de manera tan metódica como acostumbro, pero por una vez me abracé al verso libre y decidí que lo *sospechoso* estaba solo en mi cabeza, lo que supongo explica el temblor de piernas que me entró.

En el mostrador, aparentando como mejor supe la mustia serenidad que Helena siempre dice que me caracteriza, tuve la impresión de que su sustituta se había percatado de que algo en mí estaba fuera de quicio. Incluso varias veces abrió la boca como si fuera a decirme algo, como había hecho tantas veces en sus primeras semanas, hasta que se cansó de mis lacónicas respuestas y vino a darme por imposible, acaso por desagradable, con lo que ella dejó de buscar conversación y nos limitamos a hablar cuando resultaba necesario. En cualquier caso, en esta ocasión, y por más que ella se mordiera las uñas y a mí no se me fuera un ligero tembleque, no se atrevió a preguntarme qué me ocurría.

No saqué mi preocupación del bolsillo hasta llegar a casa. Para entonces, me había prometido atrapar al responsable y averiguar qué tipo de cerilla tenía justo en ese momento entre los dedos. Era extraña. Lo era por el color más oscuro de lo habitual de la cabeza, y, sobre todo, porque esta era más larga de lo normal y estaba cubierta por una gruesa capa de masa.

Internet no tardó en darme la respuesta: cerillas antitormenta. Se trata de un fósforo para usar incluso en las condiciones más difíciles. *Son una fuente confiable de fuego en lluvia, viento o tormenta de nieve.* En la biblioteca no llegábamos a tanto, pensé con sorna, mientras recordaba las tardes en las que nos cortaban la calefacción por eso del ahorro energético.

Me fui a la cama con mi vaso de leche caliente y miel, un libro sobre grandes construcciones de puentes y la satisfacción de haber resuelto un tercio del misterio. Tras dar con el qué, descubrir quién me llevaría al por qué.

Lo que uno espera, que poco tiene que ver con lo que ocurre. Cada vez que te acercas a la luz, esta se aleja, o se apaga, o te ciega, pero siempre se ríe de ti. Y yo, tras un mes de pesquisas en el que no descubrí absolutamente nada, me terminé por decir que ya estaba mayor para hacer de detective.

Un mes en el que no di con ninguna amenaza, un mes en el que no hubo respuesta a mis preguntas, un mes, en definitiva, en el que pasé poco menos que de salvar la Biblioteca de Alejandría a asumir que estaba haciendo el ridículo. Al tomar notas, al espiar y clasificar en categorías a los usuarios, y al preocuparme sobremanera por todo lo que ocurría, especialmente, en el pasillo donde habían aparecido las dos puñeteras cerillas.

Tras asumir la derrota, regresé a mis rutinas en el trabajo y a mi vida maravillosamente tranquila fuera de él. Tuve entonces cuatro semanas y un día de paz, hasta que mi tranquilidad volvió a saltar por los aires, cuando encontré la tercera cerilla en la sección de poesía.

Dónde si no, pensé que me habría dicho Helena, de haberle contado lo que pasaba en su segundo hogar, como ella llamaba a nuestra biblioteca, con su adorable cursilería. Si no la llamé, entre otros motivos que no vienen al caso, fue por miedo a confesar que, cuando me topé de nuevo con la tortuosa arma incendiaria, tuve ganas de prenderla y dejar que todo ardiera.

Lo que sí hice fue regresar a mis notas abandonadas. Como las veces anteriores, no me había percatado de nada extraño y la normalidad de la tarde no encajaba con ninguno de mis candidatos a pirómanos: el adolescente tímido que se había llevado varios libros sobre habilidades sociales y resolución de conflictos; la mujer hippie que lo mismo se interesaba por la astrología que por la física cuántica; el cuarentón obsesionado con todo lo japonés. Ninguno de ellos había pasado ese día por la biblioteca en mi turno, y, si lo habían hecho por la mañana, ninguno de los tres se llevó ningún préstamo, como corroboré en el sistema.

Tras caer en que las descripciones de mis sospechosos decían más de mí que de ellos, llegué a la conclusión de que lo mejor sería, en lugar de especular, hacer algo de una vez. Podía preguntar a mi compañera si ella había encontrado también cerillas en sus rondas, o podía comentarlo en la reunión general que tendríamos a final de semana. Pero no, hablarlo, poner el problema sobre la mesa y que otros pudieran dar su opinión, no iba a ser mi camino.

Siempre he pensado que los detalles son una tontería, pero que son una de las mejores tonterías que tenemos. Así que, cuando llegué a casa, revisé mi extensa colección de piezas de lego y no tardé en encontrar la que buscaba. Al día siguiente, coloqué el extintor de juguete justo donde había aparecido la primera cerilla. Era una pieza pequeña que, con suerte, no llamaría la atención de los usuarios, y, con mucha suerte, sí que reclamaría la sombra que estaba persiguiendo. Esa tarde no ocurrió nada y al terminar el turno el extintor regresó a mi bolsillo.

Durante los ocho días en los que pedí a mi compañera ser yo quien hiciera las dos rondas que teníamos fijadas para colocar los libros (cosas de mi médico, quiere que me mueva todo lo posible, me justifiqué) repetí el gesto de plantar el pequeño extintor en las tres baldas donde habían aparecido las cerillas. Que durante ese tiempo nadie llevara la pieza de juguete hasta el mostrador lo considero una prueba irrefutable de la poca atención que prestamos a lo que nos rodea, pero en caso de que hubiera ocurrido, habría puesto cara de interrogación y dicho que alguien se lo habría olvidado a saber cómo y por qué.

Por fin, el noveno día, la pieza desapareció. Y, aunque no estaba completamente seguro de quién se la había llevado, y, aunque quien creía que se la había llevado no tenía por qué tener nada que ver con las cerillas antitormenta, el caso es que tenía un sospechoso, que es lo fundamental para dar con un culpable. Rondaría los treinta, era alto, fino como un bolígrafo y en los últimos tres meses se había llevado más libros de los que sin duda podría haber leído, en contraste, además, con la media docena que se había llevado en todo el año anterior.

Mi plan, si es que a lo que esbocé podía darle ese nombre, era abordarlo en el pasillo la próxima vez que apareciese, mirarlo con seriedad y decirle: tenemos que hablar. Cuando confuso o nervioso preguntara de qué, le diría que mejor fuera, que mejor en la cafetería de enfrente. Imaginar un paso más allá era divagar demasiado, aunque tiempo para ello me sobró.

Tardó tres días en regresar y, cuando lo hizo, vino directo al mostrador. Ni mi compañera ni yo atendíamos a nadie en ese momento por lo que, como ocurre casi siempre que el usuario puede elegir, la eligió a ella. Lo que el joven hizo a continuación sí que no me lo esperaba.

Mientras preguntaba por un libro de Wislawa Szymborska, sacó mi pieza de lego y se puso a juguetear con ella entre las manos. Mi compañera, al ser preguntada por la que resultó ser su poeta favorita, se encandiló y comenzó a recomendar obras de la poeta polaca, eso sí, sin prestar la más mínima atención al pequeño extintor. Yo miraba al tipo alto y desgarbado, él miraba a la joven entusiasmada, y ella transmitía su pasión con cada frase. En ese momento, tendría que haberme dado cuenta de lo que estaba sucediendo, pero no fue así. El tipo, que seguía sin mirarme, guardó la pieza roja cuando mi compañera terminó de hablar y, tras dar las gracias, se encaminó al pasillo de poesía, según advertí, desilusionado. Mi compañera en ese momento me miró y tuve la certeza de que se moría de ganas por hacerme al menos una pregunta, sin embargo, optó por el silencio, lo que a mí me produjo, para mi sorpresa absoluta, un profundo sentimiento de tristeza.

Pocos minutos más tarde, cuando seguía masticando lo ocurrido, observé que mi sospechoso, tras registrar varios libros en la máquina de autopréstamo, se marchó cabizbajo. Y, con una decisión inédita en mí, le dije a mi compañera que tenía que salir fuera a hacer una llamada, que quizá tardara un poco en regresar.

En la calle alcancé al joven, toqué su hombro, se dio la vuelta, le dije que era el bibliotecario, me miró dubitativo y sin más preámbulo le pedí que me devolviera mi pieza de lego. Tras su primer balbuceo, lo rematé, al preguntarle si en esta ocasión nos había dejado también una de sus peculiares cerillas.

De inmediato se puso rojo, rojísimo más bien, y en sus tartamudeos sucesivos solicitó varios perdones, mientras un sudor abundante le recorría el rostro. Le pedí que se tranquilizara y le invité a un café. Mi plan, sorprendentemente, había salido más o menos como lo había previsto.

Perdí la cuenta de las veces que dijo lo siento y terminó por llamarse soberano estúpido, cuando le conté que la primera cerilla que había aparecido junto a los libros de psicopatología me había preocupado bastante. Sin demasiada mala conciencia, seguí cebando su sentimiento de culpa para que no se dejara nada en el tintero.

Todo se trata de un malentendido, repitió varias veces. Cuando por fin pensaba que había conseguido la atención de ella, resultó que no, que era la mía. El resumen es que mi compañera tenía que haber sido la protagonista de esta historia, no un viejo como yo. Y no es que el joven me dijera nada parecido a eso, pero aquella venía a ser la esencia del asunto.

Había colocado la primera cerilla allí, porque la primera vez que había visto a mi compañera, la encontró absorta y radiante leyendo un libro de psicología. No llegó nunca a saber el título, me dijo, pero nada más lejos de su intención que asociar su cerilla a incendiar la biblioteca. Sencillamente había pensado que dejar aquello allí era una forma interesante de llamar su atención. Él había esperado que fuera ella quien la encontrara, que se hiciera preguntas, que quisiera saber quién habría podido hacer algo así. En ese punto, tuve que reconocerle, no andaba desencaminado del todo.

Comenzó a ir con asiduidad a la biblioteca desde el primer día que la vio. Su timidez le impedía ir más allá de observarla a escondidas. Él sabía que no estaba bien, era consciente que parecía extraño y hasta preocupante. Sin embargo, siguió espiándola y cuando la vio con un libro sobre mitologías mediterráneas, apostó por dejar ahí la segunda cerilla. En su cabeza sus actos rezumaban lógica, ella pronto conectaría los hechos, porque al día siguiente el fósforo había vuelto a desaparecer.

Un error de cálculo, una observación parcial, lo había propiciado todo. En la biblioteca hacemos cuatro rondas para colocar los libros que los usuarios consultan o devuelven. Dos por la mañana y dos por la tarde, y de estas dos últimas, de la primera se encarga ella y de la segunda yo. Pero como el joven había visto siempre a mi compañera, había dado por supuesto que ella también lo hacía poco antes del cierre, así que, ¿quién sino ella iba a encontrar su señal?

Todavía me llevé otra desilusión con el tema de las cerillas. Al joven le gustaba hacer senderismo y acampadas, y esa clase de fósforos era los que tenía en casa en el momento de su ocurrencia. No había ningún significado oculto detrás, ninguna metáfora que persiguiera.

En cuanto a la tercera cerilla, seguía la misma lógica que las anteriores. A pesar de sus dudas, del tiempo que dejaba pasar entre un atreverse y otro atreverse, del nunca se fijará en mí y si lo hace será para denunciarme por acoso, tuvo el suficiente coraje para repetir su apuesta después de ver a mi compañera leyendo un libro de la poeta polaca que, como si de una epifanía se tratara, se titulaba *Saltaré sobre el fuego*. Y como si todo hubiera por fin encajado, y como si el universo le sonriera como nunca había creído posible, apareció mi extintor. Ella por fin lo había entendido todo, me dijo.

Su timidez, sin embargo, necesitó de algo más que el guiño del universo, y tuvieron que pasar tres días para reunir el valor suficiente y presentarse en el mostrador con la pregunta y el extintor de lego. Ante la evidencia, me dijo, mi compañera reaccionaría, para bien o para mal, pero sabría que estaba ante quien había estado dejando las cerillas. Y, cuando resultó evidente que ella no prestaba atención a la pieza con la que él jugueteaba, y que solo veía la poesía por la que había sido preguntada, se vino abajo.

No había mucho más en esta antihistoria, en este juego de espejos mal enfocados, donde yo lo miraba a él, él la miraba a ella, y ella miraba hacia cualquier otro lado. Supongo que eso es la vida, a diferencia de los cuentos que nos cuentan, donde todo tiene su conexión.

Decepcionados con la realidad, nos despedimos cordialmente. Pude haberle dado el consejo de que se dejara de cerillas e invitara a mi compañera a un café, o al cine. Pude haberlo hecho, sí, pero no lo hice. También pude haberle dicho a mi compañera, cuando me volví a sentar a su lado en el mostrador, que el chico que había preguntado por la poeta de nombre impronunciable parecía muy majo, pero tampoco lo hice, y ni siquiera tengo claro si de verdad lo pienso.

Lo que sí hice, en lo que quedaba de tarde en la biblioteca, fue hablar de temas banales con mi joven y extrañada compañera. Lo que también hice, nada más llegar a mi casa, fue dejar el extintor de juguete donde correspondía. Luego llamé a Helena. Mientras sonaba el teléfono, el espejo me mostró que todavía soy capaz de ruborizarme.

Oda al recuerdo
Andrea Escobar Monje

«Soy Marisol. Vivo en la Calle Velázquez. Tengo dos hijos. Mi marido murió el año pasado…».

Marisol, la mujer mayor que me paga por cuidar la casa por las mañanas, se encontraba revisando todas y cada una de las notas que había escrito durante los dos últimos meses. Iba pasando aquellos papelitos, cada uno de un color del arcoíris, con la concentración propia de una mujer desesperada, asustada, que necesita algo a lo que aferrarse. Había descubierto que lo único que conseguía sostener la mente de Marisol era el conjunto de palabras sueltas que se dedicaba a sí misma. Ella era tanto autora como lectora de aquellos mensajes; las notas se habían convertido en lo único que le quedaba.

Eran sus recuerdos. En ellas plasmaba su vida, su historia. Eran un reflejo de su identidad, que tanto ella como yo sabíamos que corría el peligro de caer en el olvido. Cada vez que el reloj marca la hora, Marisol se estremece y toma sus anotaciones para releerlas una y otra vez hasta que ha conseguido aprenderse sus palabras y es capaz de dictarlas de memoria. La memoria... ¿La construcción de uno mismo no tiene su origen en la memoria? Las personas se nutren de recuerdos. Viven por el pasado y eso les hace felices. Sienten el paso del tiempo. Marisol siempre dice que la vejez y la soledad van de la mano, y que inevitablemente las acompaña una compleja sensación llamada nostalgia. Dice que sentirla en sus propias carnes es la prueba de que ha vivido: de que ha reído, de que se ha enamorado, de que ha sido feliz.

«Mi hija vive en Bilbao. Su comida favorita es el arroz blanco. Me ha dado tres maravillosos nietos...».

Seguía escuchando su temblorosa voz desde la cocina, consciente de que el recital se repetiría en breves. Tras semanas trabajando para Marisol, no era difícil que yo también me hubiese memorizado todos los aspectos de su vida que ella había considerado lo suficientemente importantes como para reflejarlos en sus papeles de colores. Sin embargo, a pesar de lo entrañable que me resultaba formar parte de aquella rememoración, el tono de Marisol es alarmante, angustiante. Triste. Aterrado, incluso. Insoportable. Tanto ella como yo... Ambas nos damos cuenta de que las cartas nunca serán suficiente. Los mensajes dejarán de ser útiles, porque nada más ser leídos terminarán no significando nada para ella pasados los minutos. El pasado se borrará una y otra vez, aunque sea apelado todas y cada una de las horas de la mañana de Marisol. Y de las dos, solamente yo seré consciente de la pérdida. Aquella anciana de ojos cristalinos lo sabe. Siento en mi propia piel el miedo que tiene a perderse en su cabeza, a enloquecer, cada vez que nuestras miradas se cruzan y sus delgados dedos recorren sus recuerdos de papel.

No ha vuelto a escribir ninguna nota, así que se hace recordar a través de las cincuenta que ha ido almacenando poco a poco, tejiendo su pasado y su presente con la caligrafía de una mujer que no fue a la escuela, que nunca pensó que aquella fuese a ser su única salida. Yo deslizaba todos los días un pañito sobre su escritorio, sus lápices de punta gruesa y los papeles vacíos, esperando a ser cubiertos de palabras y unirse a los demás. Sin embargo, Marisol no se había vuelto a sentar en su silla de madera para plasmar recuerdos nuevos. No existían los recuerdos nuevos y la monotonía tenía la culpa.

Había empezado a odiar aquella casa. Sus muebles viejos, el papel desgastado de las paredes del salón y los azulejos, ornamentados con figuras de color azul, habían perdido el esplendor de tiempos pasados. Aunque pequeño, el piso es lo suficientemente silencioso como para que cualquiera pueda sospechar que entraña un problema. Que algo no está bien, que un engranaje ha dejado de funcionar y, por lo tanto, ha sumido el espacio en una creciente sensación de soledad y deterioro. A veces me afecta y me contagia su melancolía. Sé que la fuente de ese ambiente, desgastado, es la vieja Marisol.

Nada más evocar su nombre en mi cabeza mientras camino por el recibidor, dispuesta a marcharme tras comprobar en el reloj de pared que mi jornada ha terminado, me encuentro con ella de frente. La saludo, y por alguna razón un brillo de sorpresa corre a toda velocidad por sus ojos grisáceos. Después, como veo que no se mueve y no pronuncia palabra, me obligo a abrir la boca por las dos. Sin embargo, en ese mismo momento la cierro al ver que inspira, coge impulso, y nace una pregunta de sus labios finos.

—Hola, ¿en qué te puedo ayudar? —No aparto mis ojos del rostro anciano de la mujer. Intento descifrar qué es lo que está pensando al ver ahí plantada a una joven despeinada, con el abrigo en la mano, que la mira como si todavía no hubiese comprendido lo que ocurre. Entonces esta joven espabila y responde después del desconcierto.

—Señora, soy Amanda. He estado limpiando su casa y hace cuarenta minutos nos hemos tomado un café juntas —le digo la verdad. Ella finalmente asiente y hunde los hombros. Se siente absolutamente vulnerable, porque la única que recuerda lo que está ocurriendo allí soy yo. Cuando vuelve a mirarme, parece que ha conseguido reconocerme.

—¡Tienes razón, chiquilla! Antes de irte, deberíamos apuntar tu nombre en una notita para tenerte conmigo cuando… pasen estas cosas. —Asume su condición y habla fingiendo tranquilidad. Contrasta con el temor de sus ojos al percatarse de lo mucho que está cambiando su cabeza semana a semana. Ante su desespero, asiento fervientemente y la sigo por el pasillo hasta su habitación, donde reposa una cama de matrimonio cubierta de cojines bordados, y a su lado, el escritorio de los papeles de colores.

Allí se sienta Marisol y yo permanezco junto a ella mientras toma un papel y un lápiz. Junta el lápiz al papel, lo roza con la punta muy brevemente y lo levanta después de un par de segundos. Hace una línea. Levanta el lápiz de nuevo. Después de repetir la misma acción varias veces, me doy cuenta de que ya no puede plasmar en papel sus recuerdos. De que, lo que antes la liberaba, también se lo ha llevado el tiempo. La tensión en la habitación es tan palpable que sé que Marisol está al borde del llanto. Ya no sabe qué hacer. ¿Qué va a hacer? Tomo con manos prudentes, pero seguras, el lápiz que tiene en la mano derecha y escribo en el papel con letras mayúsculas: POR LAS MAÑANAS VIENE UNA CHICA A LIMPIAR. SE LLAMA AMANDA. Cuando nuestras miradas se cruzan, procuro quitarle importancia a la trágica situación con una sonrisa de medio lado. No lo consigo. Me observa con la tristeza de una mujer que siente que lo ha perdido todo. Una lágrima cae por su mejilla arrugada, y mis ojos la imitan. Imitan el desconsuelo y deciden impulsar otra lágrima que recorre mi mejilla suave hasta delinear mi barbilla afilada.

—Hija, si no se nada, ¿quién soy?

Insignificancia Urbana
Sergio Carretero Jiménez

En el núcleo vital de un universo lleno de incertidumbre y en una dimensión donde las sombras del pensamiento se proyectaban de manera prominente, yacía Kabu. En términos inconcebibles para la mente humana, Kabu podría ser entendida como una vasta ciudad, ostentando la supremacía en misterio y grandiosidad, arraigada en la más pura degradación existencial. Sus imponentes estructuras de obsidiana se erigían verticalmente sobre terrenos inestables, penetrando como espinas en la carne del cosmos. La oscuridad que reinaba en su interior absorbía la escasa luz proveniente de las estrellas más cercanas. Sin embargo, la magnificencia de Kabu superaba con creces la simple categorización de metrópolis; más bien, se comportaba como un ente vivo de arquitectura enigmática, sustentándose mediante la asimilación de la esencia de su propia población.

  Los ciudadanos de Kabu encarnaban la culminación de la insignificancia dentro de tal urbe, representando una amalgama de

almas entrelazadas en la compleja trama de la voracidad que defi-
nía la ciudad. Su existencia se asemejaba a la de peones simples
moviéndose en el tablero de ajedrez urbano de Kabu, donde cada
movimiento estaba predestinado por las exigencias de una realidad
imperturbable. En el contexto de la abrumadora masificación, estos
habitantes se desvanecían en la multitud, volviéndose prácticamente
inexistentes, se convertían en meras células, cuyo único propósito
era servir como elementos nutritivos en el vasto organismo que era
Kabu. Su funcionalidad trascendía lo individual para fusionarse con
un propósito colectivo: alimentar la ciudad con la totalidad de sus
sueños, alegrías y penas. La individualidad quedaba diluida en la
corriente colectiva, y las aspiraciones personales se eclipsaban ante
la necesidad apremiante de satisfacer las demandas de la ciudad. Los
habitantes, desde su condición de piezas insignificantes, se conver-
tían en paradójicos engranajes esenciales en el mecanismo de Kabu,
perpetuando un ciclo interminable de contribución constante de
tributos en la vastedad indiferente de la metrópolis.

De manera inesperada, en algún punto de la delicada línea
temporal, entre las sombras de la inmutable Kabu, ciertos indi-
viduos fueron sorprendidos por la iluminación. Sin esperarlo se
vieron envueltos en un conjunto de sensaciones cálidas que nunca
habían imaginado en los recodos de la vida en Kabu. Impulsados
por esta revelación, estos individuos, cuyas vidas fueron tocadas
por la inesperada iluminación, se vieron compelidos a explorar los
intrincados laberintos de la filosofía cósmica en busca de un propó-
sito más profundo. En el seno de la oscura magnificencia de Kabu,
forjaron una resistencia clandestina, cuyos miembros, imbuidos
de una valentía hasta entonces desconocida, se aventuraron en la
búsqueda de respuestas más allá de los límites convencionales de

la comprensión, y terminaron por sumergirse en los misteriosos recovecos de la existencia, desafiando las sombras que velaban la verdad esencial de sus vidas en la ciudad insaciable.

En su búsqueda incansable por desvelar los misterios ocultos en los recovecos de Kabu, los iluminados descubrieron una red de profundas conexiones entre sus propias almas y la misma esencia de la gran urbe. Por ello, decidieron adentrar sus esfuerzos en la compleja interacción entre su ser y la urbe, y solo cuando lograron eliminar el ruido existencial que les envolvía, empezaron a vislumbrar cómo sus destinos estaban entrelazados en una danza cósmica de significado y propósito, descubriendo así la verdad: Kabu, aunque imponente, era un simple reflejo oscuro de las almas atrapadas en su abrazo, un espejismo irreal de la opacidad emocional. Fue entonces cuando se percataron de que no estaban destinados a ser simples peones en el juego de la vida en Kabu, sino que tenían el poder de transformarse en los arquitectos de su propio destino.

Desafiando las cadenas impuestas por el destino canónico urbanita, se alzaron con determinación para retar el inmutable *statu quo*, negándose a ser meros tributos en el altar apaciguador del hambre de la insaciable y voracidad ciudad. En esta travesía de autodescubrimiento y rebelión, la resistencia clandestina se erigió como una cálida llama en medio de la fría oscuridad, iluminando el camino hacia una comprensión más profunda y una libertad recién encontrada. Desafiando las sombras que envolvían a Kabu y enfrentándose con valentía a su voraz naturaleza, estos individuos eran llamados a ser los pioneros de una nueva era, donde la voluntad humana se erigía como una fuerza imparable frente a la opresión y la fatalidad.

A medida que la llama de la resistencia clandestina arrojaba luz sobre las sombras de Kabu, eran más y más los individuos que, tocados por la misma iluminación, se unían a un anhelo compartido de libertad y autodeterminación. El número de iluminados crecía día tras día, nutriéndose del fuego ardiente de la esperanza y la determinación, y a su vez convirtiéndose en combustible para seguir alimentando aquella radiante llamarada. Así, la resistencia clandestina se convirtió en una fuerza colosal, una marea imparable que amenazaba con barrer todo a su paso. En medio de la fría oscuridad de la opresión, su llama ardiente continuaba ardiendo con una intensidad renovada, iluminando el camino hacia una comprensión más profunda y una libertad recién encontrada.

A pesar de los desafíos e inseguridades que enfrentaban, estos valientes individuos se mantenían firmes en su convicción de que el destino de Kabu estaba en sus propias manos. Desafiando las sombras que envolvían la ciudad y enfrentándose con fervor a su voraz naturaleza, los iluminados avanzaban con paso firme hacia un futuro donde la individualidad humana se erigía como la fuerza suprema, una fuerza que no podía ser contenida por la opresión ni doblegada por la fatalidad. Y por fin, tras esa larga y ardua travesía, llena de sacrificios y desafíos, los iluminados finalmente alcanzaron la tan ansiada meta: transformar Kabu en un bastión donde reinara la libertad y la dignidad humana en su máxima expresión. Habían desafiado con valentía las cadenas de la opresión, y su esfuerzo había dado dulces frutos que saciaban a sus exhaustas mentes. Las almas liberadas ascendieron hacia un plano de existencia más allá de la comprensión humana, dejando atrás los vestigios de su antigua prisión. En ese éxodo conceptual, la gran Kabu, esa ciudad imponente e impenetrable, se convirtió en poco más que un recuerdo fugaz, un eco en el vasto rincón del pensamiento cósmico. Sin embargo, como suele suceder en las grandes gestas, la victoria no llegó sin su cuota de dolor y pérdida.

Kabu, privado de su fuente vital de nutrición, comenzó a desvanecerse en la penumbra que alguna vez había dominado. Las calles, ahora llenas de vida y movimiento, se tornaron más desiertas y silentes que nunca. Las majestuosas estructuras de obsidiana que una vez desafiaron los cielos, comenzaron a desmoronarse lentamente, devoradas por la misma oscuridad que una vez alimentaron. En medio del silencio y la oscuridad que envolvía a el espacio donde antes yacía Kabu, se alzaba una larga sombra de melancolía. La ciudad imponente se convirtió en un recuerdo perdido en el vasto rincón del pensamiento cósmico. ¿Había valido la pena el precio pagado por la libertad?

¿Acaso la transformación de Kabu habría sido un acto suicida? En el eco de la nada más absoluta, estas preguntas quedaron sin respuesta, y la luz de los iluminados se desvaneció lentamente, dejando tras de sí solo el vacío y la incertidumbre del destino humano.

Volver
Antonia Maluenda Philippi

Habíamos quedado en juntarnos a las tres de la tarde. Yo tenía la llave, pero debía esperar a que llegaran, para entrar juntos. Me fumé un cigarro, nerviosa. Mis hermanos detestaban ese hábito; eran lógicos, razonables, no había lugar en sus vidas para una costumbre tan evidentemente mala. Como cuando era adolescente, me sacudí las manos en los pantalones al terminar de fumar, intentando apaciguar el olor que había quedado prendado en ellas. Vi aparecer el auto negro en la esquina de la cuadra.

Cuando se bajaron nos dimos un abrazo breve. Noté que la nariz de mi hermana se arrugaba levemente al separarnos, nuestras chaquetas impermeables crujiendo en el acto.

—Supongo que has traído las llaves —dijo Lucía. Me limité a mirarla mientras Agustín se rascaba una ceja.

—Entremos —dijo él.

Los adelanté por un costado y abrí la reja del patio frontal de la que había sido nuestra casa por más de veinte años. No había vuelto desde que mi madre aún vivía. El pasto selvático había adquirido un color intenso, cubierto de las gotas de una llovizna que caía invisible. La mayoría de las flores del perímetro del jardín se habían marchitado, sus cadáveres ocultos por una hiedra que envolvía todo a su paso, incluidas las paredes exteriores de la casa. Antes de mudarme a Madrid, la planta apenas alcanzaba un tercio de los muros que nos separaban de los vecinos. Ahora se había apoderado completamente del lugar. Si bien las lluvias de invierno hacían que la capital de Chile se pareciera, en la medida de lo posible, al hermoso sur del país, en ese instante el verde del jardín me resultó demasiado vívido. Era incómodo de ver.

La hiedra no había cubierto la puerta de la casa. Su avance se detenía tímidamente en el rectángulo de madera. Dando saltitos por el frío, mis hermanos me llamaron para que me apurara y les abriera. Ninguno de los dos tenía llave. Me había llevado un juego a Madrid, pese a que creía no necesitarlo. Pensaba que cuando volviera habría alguien para abrirme. En esa época Lucía y Agustín continuaban viviendo con mamá, recién empezando sus trabajos. Yo había decidido continuar con mis estudios en España. Las primeras semanas acostumbraba a salir con mis llaves de Chile en la mochila, primero por fuerza de costumbre y luego por nostalgia. No recuerdo bien cuándo dejé de hacerlo.

Las llaves de Lucía, la única copia que había tenido en su vida —a diferencia de mí, que las había extraviado incontables veces, y de Agustín, quien, una vez, las arrojó al río, borracho —, habían desaparecido entre las muchas idas y venidas a vaciar la casa, unas semanas después de la muerte de mi madre. El día en que finalmente terminaron de sacar las cosas, mi hermana se dio cuenta de que su llavero de pingüino se había roto y el animalito celeste colgaba solo de la argolla metálica. Las buscaron por todas las habitaciones, pues habían entrado con ellas un par de horas antes, pero no las encontraron. Rendidos, decidieron irse y usar las de Agustín cuando tuvieran que volver. Sin embargo, mi hermano tampoco halló las suyas en ninguna parte, ni en el armario de su apartamento, donde habitualmente las dejaba, ni en la chaqueta que usó cada uno de los días que les tomó desocupar la casa y en los que, más de una vez, él mismo las usó para abrir y cerrar. Llamaron a dos cerrajeros distintos para hacer una copia, pero ambos fallaron, aludiendo a la antigüedad del mecanismo de apertura.

Metí mi llave en el cerrojo y la giré. La puerta se abrió con un clic. Caminamos despacio, deteniéndonos en el recibidor. No olía a encerrado. Tampoco olía como recordaba. Tenía un olor distinto, nuevo.

Era raro ver la casa con nada más que los muebles principales. Seguían estando, silenciosos, los sillones, las cómodas, las estanterías y las lámparas. Al fondo, asomada entre las encimeras, la mesa redonda de la estrecha cocina. Me vinieron a la mente todas las tardes que pasé allí merendando con mamá, escuchando las historias de fantasmas que me contaba, sin escatimar en los detalles, cuando coincidíamos entre mi regreso del colegio y su partida al trabajo. La tradición inició en mi infancia tardía, a causa de una breve obsesión por lo paranormal que fue alentada al descubrir que mi madre poseía datos bastante freak como resultado de las décadas que llevaba trabajando en un hospital antiguo. Duró hasta los primeros años de mi adolescencia, cuando dejé de ver tanto YouTube por las noches y ella empezó a repetir los cuentos.

Me aterrorizaban sus relatos, y aun así no podía despegarme del asiento, del espacio macabro que generábamos cuando, entre panes con mantequilla y tazas de té, mi madre describía los ruidos que escuchaba en sus turnos de noche, o las apariciones que experimentaban sus colegas; mujeres guapas haciendo autostop en la carretera frente al recinto, que desaparecían cuando los hombres paraban el auto para dejarlas subir. No es que mi madre fuera inmune al miedo que provocaban esas historias, pero disfrutaba compartiéndolas.

Por lo mismo se me heló la sangre una tarde que Lucía me comentó por videollamada que mamá, cuyo deterioro ya era evidente, le dijo que por las noches veía a una señora probarse sus joyas. Estaba tan débil que no podía ponerse de pie para enfrentarla, por lo que, obligada, miraba a la mujer usar su collar de perlas. A la mañana siguiente de la confesión, mi hermana la encontró durmiendo con el collar puesto y dedujo que lo que observaba al caer la noche era, en realidad, su propio reflejo. Tenía un espejo sobre el escritorio, apuntando hacia su cama. Era un objeto horrible, pesado, con gastados bordes de bronce que se enroscaban alrededor de la superficie simulando una enredadera. Un incordio *kitsch* heredado de su madrina, nuestra tía abuela, a quien mi madre le guardaba especial cariño, ya que mi abuela solía encargarle a su hermana más joven el cuidado de su hija. Antes de mudarse al extranjero con su primer marido, donde moriría sin pisar Chile de nuevo, la tía abuela le dejó el espejo a mi madre. Por ello nunca se deshizo de él. Lucía le quitó el collar y lo dejó sobre el escritorio. Al otro día, mamá declaró crípticamente que ya no estaba ahí. Estresada y sorprendida de que su madre hubiera logrado ponerse de pie, tomó una nota mental para buscarlo y guardarlo más tarde, cuando tuviera un rato libre. Entre los cientos de cosas que debía hacer por aquel entonces, se le olvidó. Al terminar nuestra llamada esperé, sin decirle nada, que Lucía se deshiciera del espejo.

Sentí una especie de pudor al ver la casa desprovista de nuestras pertenencias, como si la estuviera viendo desnuda. Le faltaba la acumulación que atestiguaba el movimiento de nuestras vidas; pilas de recibos, horribles bolsas reutilizables de compras, zapatillas sucias dispersas en el recibidor. Seguían estando, en el hueco entre las patas de la mesa de la entrada, las coloridas cicatrices que hicimos con Agustín cuando éramos pequeños. Me habían regalado para mi cumpleaños un set de roturadores especiales para rayar las paredes. Luego de un largo sermón, comprendimos que eran para la pared de azulejos del baño, donde eran borrables, y no para la pared común y corriente.

—Yo creo que las joyas pueden estar en algún armario. Cuando mamá estaba bien las escondía por temporadas en nuestros calzones y calcetines por si entraban a robar. Es posible que en un destello final de lucidez las haya guardado donde antes —declaró mi hermana.

—Pero no las vimos cuando nos llevamos las cosas. Ya deberían haber aparecido —le respondió Agustín.

—No las hemos buscado específicamente. Ahora deberíamos encontrarlas. Quizás también rescatemos mis llaves. Estoy segura de que siguen dando vueltas en algún lado.

—Amelia, creo que te haría bien buscar en la habitación de mamá —me sugirió mi hermana. Había una preocupación honesta en su voz. El rencor que se había asentado en ella, que estuvo desde el momento en que me fui y que aumentó cuando mamá decayó y yo seguía en Madrid, que persistió cuando, de un día para otro, murió tomando la siesta, que se amplificó cuando les pedí dinero para comprar el pasaje de avión y me dijeron que no me preocupara, que al día siguiente sería el velatorio, el funeral y el entierro, que disminuyó cuando esa noche volvió sola a su apartamento y lloró hasta quedarse dormida, al igual que las demás noches de esa semana, que volvió a aumentar cuando, desocupando la casa, se dio cuenta de que todo sería más fácil si fueran tres personas, que no le dolerían tanto los brazos por mover todas esas cajas entre dos. Desde que nos volvimos a ver, ese rencor, milagrosamente, misericordiosamente, parecía haberse ido. O había retrocedido a algún rincón de su cuerpo y saldría a la luz dentro de años, en una pelea con la que no tendría nada que ver. Mi hermano, que rara vez estaba de acuerdo con nosotras, asintió lentamente. Esperaron mi respuesta, al tiempo que yo contemplaba en silencio las rayas de la pared.

—Amelia —me insistió Lucía.

—Perdona. Sí te escuché. Voy.

Se dispersaron por el primer piso y yo me dirigí hacia las escaleras. Las joyas eran la razón por la cual habíamos ido. No eran muchas, ni especialmente valiosas. La más importante era el collar de perlas que mi madre había escondido. También tenía unos cuantos anillos, un par de aros, y si teníamos suerte, unas gafas noventeras marca Ray-Ban a las que Lucía y yo les habíamos echado el ojo. Con su rápido deterioro, olvidamos su existencia, acordándonos cuando ya me encontraba en Chile, tomando café en el departamento de mi hermana. Fue la oportunidad perfecta para que Lucía, que no lograba comprender mi negativa a despedirme de la casa vacía, tuviera un motivo concreto para instarme a ir una última vez.

Me detuve en la mitad de los escalones, me sudaban las manos. Podía ver la puerta abierta de su habitación. Cuando mi madre hablaba por teléfono su voz circulaba por toda la casa, hasta alcanzarme en el piso de abajo o donde sea que yo estuviera.

Aguanté la respiración, subí los últimos peldaños y crucé corriendo el pasillo hasta entrar.

Parpadeé varias veces para ajustarme a la penumbra. Las cortinas estaban a medio abrir, haciendo que se colara entre ellas solo un poco de la tenue luz invernal. Prácticamente vacía, la habitación resultaba anodina. Exhalé temblorosa. Sus cosas habían sido removidas. Solamente quedaba la cama con el colchón un tanto manchado, rodeada de dos veladores de madera. Sobre uno de ellos seguía la única lámpara que mi madre utilizaba, en general para leer antes de dormir. Frente a la cama, su largo escritorio con el enorme espejo encima.

No se lo habían llevado, ni lo habían botado a la basura. Pensé en ponerlo boca abajo, pero no quise tocarlo. Di un par de pasos en círculos. Al caminar frente a las largas ventanas mi sombra se proyectaba casi imperceptible sobre el colchón. Estaba postergando revisar el armario, a la izquierda de la cama. Me acerqué a una de las cortinas para correrla y revisar el diminuto balcón. La hiedra había crecido hasta asomarse entre los barrotes de hierro de la barandilla, tapando el borde de la angosta franja de piso. Fruncí el ceño. Tuve la impresión de que una pared imaginaria detenía su avance, como abajo, en la puerta principal.

El viento hizo temblar las ventanas, manchándolas con gotas de lluvia. Caí en la cuenta de que había dejado de escuchar a Lucía y Agustín. La casa estaba en completo silencio. Se me erizaron los pelos de los brazos y la nuca. Fui hacia la puerta. Estaba a punto de salir del cuarto cuando capté un ligero destello metálico y frené.

Miré por unos segundos la forma, sin enterarme de lo que era. Inhalé sorprendida. Las llaves. Las de mis hermanos, ocultas detrás de la lámpara del velador. ¿Cómo no las habían visto? No había mucho más en la habitación. Sin pensarlo, como una polilla hipnotizada por la luz, caminé con el brazo extendido para agarrarlas. Mis dedos estaban a unos centímetros de ellas cuando sentí que algo me tocaba delicadamente el nudillo, como si hubiera rozado las hojas de una planta. No alcancé a procesar lo que estaba ocurriendo. Llevé la mirada hacia abajo y lo que vi hizo que la respiración se me estancara en algún lugar a medio camino entre la garganta y los pulmones.

Una mano. Lo que me había tocado era una mano. Una mano humana. No era la de Lucía, ni la de Agustín. Se me secó la boca y me quedé en blanco. Un tintineo, como el de canicas chocando entre ellas, me sacó del estupor y me hizo levantar la cabeza.

Por supuesto.

Allí estaba, sentada en la cama, con la espalda contra la pared y las piernas extendidas sobre el colchón, jugueteando con el collar de perlas que le colgaba del cuello. *Clink, clink.*

—Ya era hora —dijo impasible.

Contra todo pronóstico, contra toda lógica e instinto, me tranquilicé. Lo acepté con desconcertante facilidad. Creo que sabía que esto sucedería. Desde que merendábamos y hablábamos de espectros. Desde que Lucía me contó lo del espejo. Desde que yo estaba en otro continente, a 10.686,54 kilómetros de distancia, cuando su corazón dejó de latir. Se veía tal como la última vez que estuvimos juntas, en el aeropuerto de Santiago, la tarde que me fui. Olía a su perfume de manzana verde. Era ella, con sus vaqueros gastados, las bolsas debajo de los ojos, las manchas en la cara. Las mismas que le habían aparecido a Lucía y que pronto me aparecerían a mí.

—Así que tú tenías las llaves. Y las joyas —le espeté.

—¿Es que acaso no te ibas a despedir? —me respondió.

Nuestras miradas se encontraron.

Recién entonces me fijé. Sus ojos color avellana, siempre inteligentes, ahora infinitamente tristes. Aparté la vista. Sentí la vergüenza, la enorme vergüenza que arrastraba hace años. De no haber podido, de no haber *querido* asistir a su enfermedad, de haber evitado a toda costa presenciar cómo olvidaba mi nombre, ahorrarme el dolor que me provocaría ver cómo olvidaba el suyo. Las excusas indignas que inventé para no volver, aunque ella no me lo pidió y yo jamás le pregunté. Todos los días que perdimos. Los días buenos, sanos. Los días malos, enfermos. Mi propio cuerpo me pesaba demasiado, las piernas se me doblaban. Me senté a su lado, en la cama, con cuidado de no tocarla.

—¿Qué hago mamá? ¿Qué hago con toda esta culpa?

Nos observamos en silencio.

—Aprenderás a vivir con ella —respondió al cabo de un rato.

—Algún día llegarán a un entendimiento mutuo. Una especie de pacto. Nosotras nos hemos puesto de acuerdo por menos —dijo, apuntando su collar con el mentón y luego mirando hacia el frente, hacia el escritorio.

Le seguí la vista y vi a una mujer sentada sobre el escritorio, con el pelo blanco recogido en una cola y las piernas cruzadas. Tenía un brazo apoyado en el borde del espejo. En sus dedos delgados relucían los anillos de mamá.

—Tía abuela —susurré, y ella me sonrió.

Mi madre estiró el brazo hacia donde yo estaba y posó su mano sobre la mía. Se sintió como si me hubiera rozado con la hoja de una planta.

Cardiología de las aves
Luis del Gozo

A mi tatarabuelo Armando siempre le gustaron los pájaros, aunque su padre le obligó a estudiar medicina. Y él también parecía gustarles. Cuando de niño salía al jardín de su casa, muy pronto le rodeaban gorriones, mirlos, ruiseñores y, a pesar de que la costa quedaba lejos, a veces hasta se acercaba algún cormorán despistado. Entonces su tata salía a todo correr con la escoba a espantarlos, toda colorada y sujetándose a duras penas la cofia.

—¡Señorito, métase dentro que cualquier día le sacan los ojos!

Luego, entre vanos intentos de limpiarse las cagarrutas que le jaspeaban el uniforme, le contaba historias sobre terribles ataques de aves allá en su tierra. A su madre tampoco le hacían gracia: se comían las semillas de hortensias y petunias que plantaba, y, tras su paso, en el jardín solo quedaban los jazmines y plantas salvajes.

—Armandito —se lamentaba con desconsuelo ante su hijo—, tenemos el jardín con menos clase de la vecindad.

Aunque a veces el jardín también se cubría de plumas de todos los colores y a Armando le gustaba caminar descalzo por aquella alfombra mullida. En una ocasión se encontró un ruiseñor muerto en mitad de aquel prado colorido. Lo cogió entre sus manos, se lo acercó a la boca y le susurró «despierta, despierta». El pájaro movió la cabeza de un lado a otro antes de salir volando. Ni su madre ni su tata le creyeron, aunque, cuando él no estaba delante, no dejaron de repetir la historia a familiares y conocidos.

Pero mi tatarabuelo disfrutaba con los pájaros y estos jamás lo abandonaron. En sus tiempos de universidad, nunca faltó un buen trinar en la ventana al levantarse. Los domingos, se sentaba en un banco del parque a estudiar, ajeno al estruendo que formaban aves de todo tipo a sus pies, en sus hombros y sobre su sombrero.

Al poco de finalizar sus estudios, estalló la Gran Guerra y lo enviaron al frente. Se acababa de casar con una enfermera que tenía dos periquitos y acababa de colocar la placa de doctor en la puerta, cuando le llegó la carta de reclutamiento. Se despidió de su mujer y de los dos pájaros y partió entre lágrimas y graznidos tristes.

En sus cartas contaba que todo era gris en las trincheras: los uniformes, la tierra y el cielo; las caras de los hombres cuarteadas por el barro y con los ojos apagados. Solo el rojo de la sangre de los heridos aullando de dolor desentonaba con el lodo y la mugre. Los gritos se alzaban sobre los disparos y, sobre estos, las frecuentes descargas de cañones y obuses. Ningún pájaro sobrevolaba aquel lodazal. Nunca.

El primer herido grave le llegó después de una carga frustrada contra las trincheras enemigas. El soldado estaba inconsciente y probablemente dejaron que le atendiera él, a pesar de su corta experiencia, porque parecía insalvable. El tatarabuelo Armando le abrió el pecho con un bisturí y con poca esperanza. Entre sus costillas se encontró con un nido de golondrinas. Las ramitas se enredaban y se confundían con las venas y arterias palpitantes y tres crías, con los ojos cerrados, piaban sin descanso. Armando miró a su alrededor: todos sus colegas estaban ocupados con pacientes y pedían cloroformo o morfina a gritos. Blandían sierras de amputar, tijeras enormes, algún martillo. Las explosiones provocaban una lluvia de polvo casi continuo desde el techo. Nadie iba a ayudarlo. Rebuscó en sus bolsillos y encontró los restos de un mendrugo de la noche anterior. Lo desmigó como pudo, lo mojó con saliva y se lo dio a los polluelos. Le picotearon las yemas de los dedos mientras se tragaban el pan. Dejaron de piar y se quedaron con los cuellos muy estirados hacia él, como si a pesar de su ceguera lo pudieran ver. El tatarabuelo cerró al soldado, cuidando de no aplastar el nido, y salió al aire libre. Había terminado el ataque y flotaba un silencio cargado de olor a pólvora. No llovía.

El herido sobrevivió y, a partir de entonces, le mandaban siempre los casos más desesperados. El tatarabuelo no dejó de encontrar nidos dentro de los soldados que operaba. Golondrinas, gorriones, palomas o torcaces —nunca se aclaraba—; incluso uno de abubilla. Siempre tenía un trozo de pan para las crías. Cuando no encontraba polluelos dentro de un herido, sabía que no había nada que hacer. Se santiguaba después de cerrar los pechos vacíos.

Se lo contó todo a su mujer en el único permiso que disfrutó lejos del frente. Ella lo consoló como pudo mientras pensaba que ya se le pasaría aquella locura cuando acabara la guerra.

La última carta de la tatarabuela llegó demasiado tarde, un par de meses después de aquel permiso. En ella le contaba que se había encontrado tres huevos en la jaula de los periquitos y que ella misma estaba en estado de buenísima esperanza. Así le decía. El tatarabuelo no pudo leerla porque un martes de noviembre, un proyectil cayó en su trinchera mientras escrutaba el cielo.

Lo llevaron con urgencia a la enfermería y, cuando lo abrieron, una pareja de aves del paraíso le brotó entre sus costillas. Los compañeros se echaron atrás sorprendidos y se apartaron cuando las aves volaron hacia la salida. A continuación, del pecho de los soldados que el tatarabuelo había operado surgieron golondrinas, torcaces o palomas, abubillas y estorninos. El ataque se detuvo en las trincheras. Los dos bandos dejaron la batalla para mirar aquella nube que se elevaba hacia el cielo. Un incendio de pájaros piaba, trinaba, graznaba.

XXIV Concurso de poesía

Emociones de la niñez
Francisco Sacristán Romero

Ni siquiera la blusa —uniforme del gremio—
podían permitirse en aquellos tiempos
los niños aprendices. Cuchilleros
de humilde condición, de inmaculados
ojos que se iniciaban en la industria
navajera. Ingeniería
nacida del ancestro como nacen
de un primer corazón las emociones
que después se transmiten en impulsos,
en vaharadas de sangre, eternamente.
Cuchilleros de sombras
—ni siquiera una luz anticipando
la claridad del día—, aprendiendo
el sentido de aquella laboriosa
manera de ser alguien, afilando

el acero, a la vez que el instinto
daba forma a sus sueños de muchachos.
No recuerdo a mi padre sin navaja.
Yo era pequeño, y ella,
un artefacto extraño
nadando entre los miedos y el asombro.
La navaja herramienta,
la navaja instrumento,
la navaja en el fondo
del pardo pantalón de mis recuerdos.
Sonaba el clic seguro, y era el gesto
cual el de un oficiante que iniciara
un rito casi atávico.
La mano de mi padre se ajustaba
a aquellas cachas blancas, jalonadas
con visos de misterio,
mientras mi madre sacaba de la orza
el pan sentado y blanco.
La navaja era entonces como un cáliz
desde el que el pan llegaba hasta las manos
en aquellas mañanas invernales
de hielo y de sarmientos.
La navaja libraba soledades
y tallaba sentidas miniaturas
en las noches de abril, cuando la luna,
redonda como un sueño sin orillas,
ponía claridades en lo incierto.
Yo era pequeño, y ella tan hermosa,
que anhelaba tenerla entre mis manos
inhábiles y niñas,

preparando las púas del injerto
con la misma destreza
de aquellas otras fuertes y precisas
curtidas por el cierzo…
Pero era de mi padre
y era su propiedad intransferible.
Y había que crecer y hacerse un hombre
para tener derecho a una navaja
de aquellas de Albacete tan lejano,
que llegaban en cada nueva feria
como aves migratorias
que anunciaran faenas de vendimia
y octubres de nostalgia.

XXIV CONCURSO DE POESÍA
Segundo premio

tiempo
Alfonso Gálvez Gómez

atrás
dejar atrás lo que inevitablemente tiene
que quedar atrás
ideas vanas como residuos que devuelve la marea
páginas de espejo que se nos desbordan por entre las comisuras
y escribir
únicamente escribir la palabra esperanza con tinta de espuma
 a lomos de un viento que relincha
o sobre el perfil sobre la ternura de los caballos inamovibles tras la
          orilla
zambullirte en la profundidad de sus ojos
mirada oceánica   gesto milenario
y entonces   a galope
 avanzar

inevitablemente avanzar a tientas en esta espiral
 hacia la nada avanzar
como un ciego que acaricia un torso en mitad de la noche
o como la cordura que se fue   como la vacuidad de los dorsos
        desnudos de delirio
 para después construir sin materiales el verbo vivir
construir el instante
en el hueco preciso de una caracola
ecos tenues   reverberación impura
y rebatir con   alas   a las   piedras
de esta ilógica certidumbre siempre   donde nunca
es pronto para la nada   aunque se vaya haciendo tarde en cada
        vértebra
 y la conciencia del porvenir es tallada en cenizas
y las raíces de la sangre esculpidas en el terciopelo fino de un
        grano de arena
papel mojado o corazón que palpita bajo el barro
al fin vuelo convertido en crisálida
y entonces condensar el gesto   la caricia   el roce
hacer del cristal de ortiga mansedumbre de pétalo
retazos de mapas de un lugar imaginario
vivir   revivir   despreciar la tinta de cinismo a cada amanecer
volver   devolver el giro de este bumerán
en la crudeza   en la intemperieen la honestidad
desdeñar surcos   esquirlas de veneno
para atravesar una brizna   quizás mota
una conjetura que diseccione el iris   acaso el párpado
y al fin   descarnadamente   bajo el sosiego de un valle
a ras del soliloquio en la plena inmensidad
tal vez   la luz

Arañazo, silbido, agua
Fernando Benito F. de la Cigoña

Carcaj

¿A quién decirlo sin perderme,
sin desfigurarlo en mudos añicos?

No contar lo sagrado bajo la luz del sol,
no: entonces festejo y júbilo.
Después cantar en un murmullo
allá donde la cazadora yerra intocable.
Nadie puede oír, nadie puede oír, soy libre;
contemplo a los bosques callar cuando los miro.

¿A quién, a quién tocar en el otro reino intermitente?

Génesis I

Nacer en un nido de veleros.
Nacer, nacer antes del grito,
recibir el mundo como el mar recibe al sol.

Primero estar perdido y ser faro.
Joyas frágiles, espejos atónitos:
aquellos fuimos en días quemados.
Y después bucear, bucear tanto,
escapar de lo real que acecha;
creer en el misterio, escuchar
su latido, con asombro y respeto.

No formamos parte de la palabra,
estuvimos al margen, en las forjas,
sustituyendo el nombre por la carne.
Ciegos conocimos la libertad:
no pusimos un dedo sobre el mundo.

Génesis II

Tan solo ver
un espíritu desnudo.
Caminar cuando la nieve nace
como manto blanco sobre la nada.
Explorar los bosques embriones,
los mares embriones, cuando el mundo
crecía y lloraba, cuando poco a poco iba
comprendiendo su forma y sus leyes.
Verlo, tan solo verlo:
no promesas ni espadas sino visiones.

Génesis III

Nacimos frágiles y sagrados:
todo era blanco y alucinante.
Habitábamos un presente
que surcaban el hambre y el calor,
que era inmenso y nos empapaba:
no cabían persecuciones
en nuestros días latentes y perdidos.

Pero inyectaron el símbolo del reloj en nuestra
carne.
Despertamos y recibimos un sello,
tuvimos sueño y recibimos un sello:
portamos una marca como la adicción
de los yonkis, como el recuerdo y la profecía
de la muerte.
Venimos del océano, pero surcamos
un río ronco sin cumbre.

Flechas

Ojalá que la aurora
no dé gritos que caigan en mi espalda…
SILVIO RODRÍGUEZ

¿Qué secretos albergas
cuando nadie en la noche viene a verte?
Veo tus colores íntimos de dios
que descansa, el pozo
negro donde te hundes poco a poco:
bosque espectral, hogar,
refugio entre las nieblas,
fuente de silencio, de mi paz, fría.

Me sobrecojo en tus entrañas, tiembla
mi cuerpo aquí a tu ritmo
estacionario, lento,
de tierra que nace y se va formando,
de planeta que espera
árboles y montañas, que se está
despertando ante su reina de gas.
Sí, la estoy contemplando
y me quedo inquieto, temo, me veo
rodeado de ángeles.
Brillan en lo hondo, inalcanzables.

Disociación

Universo:
entrañas explícitas que no cesan de ser;
uno, perfecto y obediente, uno.

Hombre:
viento con ojos buscando espejos;
alas sin cuerpo o lenguaje sin memoria.

Simeón

Gonzalo Abad Martínez

Lc 2, 22-35

Apología II, Justino

La espera

Habrá noches donde piense que todo es mentira,
que lo que he visto en el día
no era Sol sino espejismo.
Me negaré a creer que vaya a amanecer mañana.
Esas noches dormiré con los ojos abiertos,
enclavados en el fondo de arena
donde habita el horizonte.
Perderé la cordura intentando descifrar
cómo me he puesto moreno.

Correré al oeste,
donde los recuerdos y consuelos
aún mantienen la fe.
Me agazaparé al este,
donde les parece imposible
que una esfera de llamas
pueda emanar de los cerros.

Habrá otras noches donde también piense,
dude, sufra, niegue, enloquezca y huya.
Pero me quedaré a la espera,
abrazado a una promesa.

El abrazo

Cuando estés entre mis brazos
intentaré nominarte.
Erraré con palabras finitas,
incapaces de abarcar lo eterno.

Al verte entenderé a Sócrates,
a Hawking y toda la poesía:
«He aquí el centro que le faltaba al cosmos».

Sobrarán los tiempos
y Copérnico saltará en su tumba:
«La Tierra gira alrededor de esta estrella».

¡Dejad de buscar insaciables!
Aquí está lo que queréis,
no en las minas de cobalto.

Cuando estés entre mis brazos
gritaré
«Todo lo bueno y hermoso nos pertenece»,
en mi humano intento de decir
«Te pertenezco».

La espada

Será al mediodía,
nos daremos cuenta.
El Sol ya se habrá alzado.

Sus rayos rasgarán el velo
desprotegiendo mis pupilas.
Se romperán doctrinas,
reventarán cadenas,
se incendiará la Tierra
y, cerrando los ojos,
podremos conocer lo real:
rayos ardientes en nuestra dermis.

Los astros callarán
tras la revelación de un ágape
cuyas órbitas ya conocían.

Una espada rasgará mi alma,
perderé las escamas,
que nunca fueron mías,
y volveré a ser de carne y hueso.

Será al mediodía,
quedaré prendido.
Me tumbaré en la arena,
a dorarme,
a adorarte:

«Por favor, Sol, nunca anochezcas.
Sigue alumbrando,
aunque cada segundo me vuelva más esclavo».

Apenas aquí
Rosa Alvarado Pesquera

Desaparecer

Estoy buscando un doblez en el tiempo
una rendija oscura en que quepan mis huesos
una tarde cualquiera,
el amparo del silencio,
una sombra,
una huella
aunque sea borrosa,
de memoria,
para desaparecer.

El olvido

Un animal.
Es un animal el olvido.
Tiene tantas patas…
llega a tantos sitios…
es tan oscuro y está tan hambriento…

Una forma de amar

El arte puede ser una forma de amar,
de odiar,
de pedir ayuda,
de cantar victoria.
Pero solo los elegidos
no acaban en cenizas.
Las demás somos tiempo huido,
huellas de polvo,
en este planeta habitado.
¿Y acaso importa?
¿Y acaso hay diferencia?

Apenas aquí

Contigo estoy aprendiendo a sentir
como la que no puede
como la que no sabe
como la que no entiende.
Apenas estoy aquí.
Y eso ya es un comienzo.

Condensada

A veces preferiría,
— casi siempre —
una poesía apretada
comprimida y bella como
una escultura de quien sabe.

Para que leer poesía fuera
como tragar una píldora
y que en un instante
se obrara el milagro
de la emoción comprendida.

Autoabandono

Nos abandonan y nos abandonamos
al dolor y en la sombra,
y avanzamos sin esperarnos
en los andenes.
Caminamos pisando
nuestra sombra
sin dejar de mirarnos la nuca.

Mientras tanto,
hay colores grises bajo luces naranjas
y rumores de sirenas y avisos impersonales
a identidades anónimas
deliberadamente ignoradas.
Hay olvidos angustiados.
Pero no son los de otros,
no,
son los nuestros,
es el propio olvido el que más duele,
el único que duele,
el no recordarse
quiénes somos,
qué queremos,
donde vamos,
dónde estamos.

El principio del fin

Ya no te espero
mientras se escurre
el ácido sudor de los días
y se pierden las palabras
por remordimientos
por *deberías*
y por silencios.

Esto es el principio del fin.
Dejar de esperar
es bajar los brazos.

Manos en los bolsillos

A veces, se me hunden las manos en los bolsillos,
el cuello entre los hombros,
los ojos bajo los charcos,
el alma en los zapatos.

Cuando esto sucede,
me cuesta recordar
que aún creo en algo,
que cuento con tus ojos,
tus manos y tus labios,
y que aún no se acaban
los calendarios.

x Concurso de teatro breve

¿*Otra vez?*
Ana Isabel Ucendo Carmona

La escena se sitúa en el salón de una vivienda. Al fondo hay un sofá que mira hacia el público. En uno de los lados, está sentada ELENA, *que parece nerviosa y esperando algo o a alguien. En el otro, está sentada* TINA, *aparentemente sin vida, aunque no hay rastro de sangre ni signos de violencia. Delante de ellas hay una pequeña mesa con un par de tazas y un plato con unas pastas. Al cabo de unos instantes, llega* JUAN. *Viene del trabajo, portando un maletín.*

JUAN: ¡Elena, cariño! Ya estoy en casa… Ah, estás aquí.

JUAN *deja sus cosas y camina hacia el sofá. Repara en* TINA.

JUAN: Ah, vaya, que tienes visita. Siento interrumpir. ¡Hola, encantado! Yo soy Juan.

JUAN *espera respuesta.*

JUAN: ¿Le pasa algo?

ELENA: Bueno, digamos que…

JUAN: Espera, espera, espera… ¿Está…?

ELENA: Sí.

JUAN: Pero… Elena… ¡¿Otra vez?!

ELENA: Ya. Lo siento. No sé qué me ha pasado. Se me ha vuelto a ir de las manos.

ELENA *sigue sentada en el sofá y observa a* JUAN, *que empieza a caminar de un lado a otro, nervioso.*

JUAN: Esto… No puede ser.

ELENA: Ya.

JUAN: Es que esto no puede seguir así.

ELENA: Totalmente.

JUAN: ¡La tercera vez este mes!

ELENA: La tercera, sí.

JUAN: ¡La tercera vez que llego a casa y me encuentro un cadáver en el salón! Las dos primeras veces… Pues bueno, lo pude llegar a entender. Porque hombre, es verdad que aquel repartidor que se confundió de piso…

ELENA: Puf.

JUAN: Tenía toda la pinta de merecérselo.

ELENA: Desde luego que sí.

JUAN: Y luego… Luego los dos testigos de Jehová esos que me contaste que se pusieron pesaditos…

ELENA: ¡Vaya dos!

JUAN: Pues ellos se lo buscaron. Pero esto… ¡Esto ya es vicio!

ELENA: Ya, ya. Si yo lo sé, eh. Pero chico, que no lo puedo evitar.

JUAN: Pero Elena, ¿qué ha pasado esta vez? ¿Quién es esta? Yo es que de verdad que no me lo explico.

ELENA: Pues una… Una amiga. Una amiga de pilates, sí.

JUAN: ¿Pilates? ¿Pero tú haces pilates?

ELENA: ¿Eh? Sí, claro que hago pilates, sí, sí. Si te lo conté.

JUAN: Ah, pues yo no…

ELENA: Porque no escuchas, Juan. No escuchas.

JUAN: Yo… Perdón.

ELENA: Bueno, el caso es que hace un tiempo no sé por qué la invité a que viniera a tomar el té.

JUAN: Ya.

ELENA: Con buena intención, eh. Que yo quiero llevar una vida normal. Una vida tranquila.

JUAN: Claro.

ELENA: Total, que hemos empezado a charlar. Y todo iba bien, muy bien. Hasta que lo ha hecho.

JUAN: ¿El qué?

ELENA: Pues… Pues… ¡Pues apoyar la taza directamente en la mesa!

JUAN: ¡Pero mujer!

ELENA: ¡Ni mujer ni leches! ¡Que ya sabes lo nerviosísima que me pone! Hombre, por Dios, si te traigo un platito es para que pongas la taza encima.

JUAN: Pero es que igual la mujer lo ha hecho sin darse cuenta…

ELENA: ¡Hay que tener un mínimo de educación! Que luego la marca se me queda a mí en la mesa. ¡Y eso no se va con nada!

JUAN: Ya. Elena, no sé, me parece desproporcionado.

ELENA: Pues… No sé. Supongo que así soy yo, desproporcionada.

JUAN *sigue caminando nervioso de un lado para otro.*

JUAN: Si es que tiene cara de buena persona.

ELENA: Si nadie ha dicho lo contrario. Pero que estos arrebatos son así. Me viene, me viene… Y vete tú a saber a quién me puedo llevar por delante.

JUAN: Madre mía, madre mía…

ELENA: Yo creo que lo mejor es…

JUAN *se empieza a agobiar. Se afloja la corbata y se sienta en el sofá.*

JUAN: No me encuentro bien. Me ahogo.

JUAN *empieza a hiperventilar.*

ELENA: Pero tú tranquilo, hombre.

ELENA *se coloca a su lado, manteniendo la distancia. Le da unas palmaditas en la espalda.*

ELENA: Venga, venga, respira.

JUAN: Ay. Ay.

ELENA: Ale, venga. Que no es para tanto.

JUAN *coge una de las tazas que hay sobre la mesa y le da un trago. Más calmado, vuelve a hablar.*

JUAN: ¿Pero cómo que no es para tanto? ¡Cuatro personas! ¡Te has cargado en total a cuatro personas ya!

ELENA: Nadie es perfecto.

JUAN: A mí esto me hace replantearme cosas, Elena.

ELENA: ¿Sí?

Juan: Sí.

Elena: Pero... ¿De lo nuestro?

Juan: Sí, claro. De lo nuestro.

Elena: Vaya por Dios.

Juan: Yo no estoy para estos disgustos.

Elena: Es comprensible.

Juan: Tengo que empezar a pensar en mí. Y en mi salud.

Elena: La salud es lo primero.

Juan: Necesito tiempo. Necesito pensar.

Elena: Pues claro, hombre. Lo que necesites. Y sobre todo, todo el tiempo que necesites eh.

Juan sale de escena. En cuanto lo hace, la muerta abre un ojo e incorpora un poco la cabeza. Habla en voz baja.

Tina: ¿Ya se ha ido?

Elena: Sí.

Tina: ¡Jo-der!

Elena: Shhhh. Pero baja la voz a ver si todavía te va a oír.

Tina: Ese pobre está ahora mismo que ni oye, ni ve, ni siente, ni padece.

Elena: Este imbécil vuelve, ¡es que lo veo venir!

Tina se pone a comer despreocupadamente unas pastas que hay sobre la mesa.

Tina: ¿Después del circo este que has montado? Lo dudo.

Elena: Ya lo verás.

Tina: Oye, entonces... ¿Tú ya habías hecho esto antes?

Elena: Sí, hija, sí.

Tina: Pero... ¿Con otros pacientes? No, lo digo porque si esto es parte de mi terapia psicológica, yo no la estoy entendiendo muy bien...

ELENA: ¿Te está ayudando a no pensar en tu divorcio?

TINA: La verdad es que sí.

ELENA: Entonces, a callar. Y deja de comer que de un momento a otro vuelve, ya verás.

ELENA *le quita las pastas a* TINA *y las vuelve a dejar en el plato. Se quedan en silencio unos instantes.*

TINA: Y… No sé, ¿no has pensado en dejarle de una forma más… ¿Tradicional?

ELENA: ¿Tradicional? Claro, qué tonta, ¿cómo no se me había ocurrido antes?

TINA: Claro, mujer.

ELENA: ¡¡Pero que lo he intentado todo ya!!

TINA: ¡Bueno, vale!

ELENA: Se lo he dicho por las buenas, se lo he dicho por las malas, le he escrito una carta, le he montado pollos enormes, he intentado hacer cosas que le saquen de quicio… ¡Hasta una banda de mariachis le he mandado para que se lo canten! ¡Y que no reacciona el muy idiota!

TINA: No, lo de los mariachis… No suele funcionar.

ELENA: ¿Qué opciones me quedaban, eh? ¿Qué opciones?

TINA: Hacerte pasar por psicópata, claro.

ELENA: Pues no. Antes de esto también le intenté hacer creer que tengo amnesia y no recuerdo absolutamente nada de nuestra relación.

TINA: ¿Y?

ELENA: ¡Y nada! ¡Aquí sigue!

TINA: Ya. Pues chica, no sé. Igual tienes que darle una oportunidad al amor.

ELENA: Mira, no me toques las narices.

Se escucha el ruido de las llaves. Es JUAN *entrando en casa.* ELENA *le hace gestos de silencio a* TINA *y le habla en susurros.*

ELENA: ¡Te lo dije! Ya vuelve. ¡Hazte la muerta! ¡No hagas ruido!

JUAN *entra en escena.*

ELENA: Juan. Estás aquí. Otra vez.
JUAN: Tengo dudas.
ELENA: Ya, Juan. Es normal no entender esta situación. Descubrir de repente ciertas cosas de tu pareja… Replantearte la relación… Lo mejor es que te marches y lo pienses y que te tomes todo el tiempo que necesites lejos de mí…
JUAN: No, no. Que tengo dudas sobre ella.

JUAN *señala a la muerta.*

ELENA: ¿Qué? ¿Sobre qué?
JUAN: ¿Realmente está muerta?

JUAN *se acerca al cuerpo de* TINA *con la intención de tomarle el pulso.* ELENA *le intercepta rápidamente.*

ELENA: Pues… ¡Claro que está muerta! ¡Muertísima!
JUAN: No sé, es que tiene buen color de cara. Igual no la has matado. Igual sólo la has dejado inconsciente.
ELENA: ¿Qué pasa? ¿Que ahora también vas a cuestionar cómo mato yo a la gente?

JUAN: No, bueno, perdón.
ELENA: No, es que a ver si ahora yo voy a ser tonta.
JUAN: Que no, de verdad.

ELENA *se acerca a* TINA *y le toma el pulso en el cuello.*

ELENA: ¿Ves? Aquí, le pongo el dedo y nada, sin pulso. Sé perfecta-
mente diferenciar entre vivo o muerto, hombre, por favor. Que
la he matado yo misma.
JUAN: Vale, vale. Que te creo. Y... ¿Cómo lo has hecho esta vez?
ELENA: ¿Cómo? Pues... Yo... ¡La he envenenado! ¡Eso es!
JUAN: ¿Envenenado? ¿Con qué?
ELENA: Con un poquito de matarratas. Ahí, en el té. Y pum, fulminada.

JUAN *mira a* ELENA *con cara de pánico.*

JUAN: ¿El té? ¿En qué té?
ELENA: En el de esa taza.

ELENA *señala una de las tazas.*

JUAN: ¡¿Ese?!
ELENA: Sí, ¿qué pasa?
JUAN: Ay, Dios. Que yo... Yo... Yo...
ELENA: ¿Que tú qué? Juan, hijo, ¡arranca!
JUAN: ¡Que yo he bebido antes de esa taza!
ELENA: ¿Sí? Que no hombre, que no.
JUAN: ¡Que sí!

JUAN *vuelve a ponerse de los nervios y se retuerce en el sofá.*

JUAN: Míralo, ya me están dando retortijones. Que me muero, de esta me muero.

ELENA: Que no, que no te mueres. Me he equivocado.

JUAN: ¿Qué?

ELENA: Que me he confundido. Que a esta no la he envenenado.

JUAN: ¿Cómo que no?

ELENA: No. Lo de esta ha sido un estrangulamiento y ya. Todo muy rápido.

JUAN: Un estrangulamiento. Dios mío, es horrible.

ELENA: Horrible pero limpio. Ni una gota de sangre.

JUAN: ¿Y de verdad que el té no está envenenado?

ELENA: Que no.

JUAN: ¿Seguro?

ELENA: Que sí, coño. Mira.

ELENA *le da un trago al té.*

ELENA: ¿Ves? Mmmmm, un té riquísimo.

JUAN: No sé… Voy a echarme agua por la nuca a ver si se me pasa el susto.

ELENA: ¿A nuestro baño?

JUAN: Sí, claro, a nuestro baño.

ELENA: Vale, vale. Pero que si necesitas irte y estar lejos de mí yo lo entiendo perfectamente. No hay ningún problema.

JUAN: Envenenado no sé, pero cualquier día me matas de un disgusto, Elena.

JUAN *sale de escena.*

ELENA: No caerá esa breva, hijo.

TINA: Pobre hombre.

ELENA: ¿Ya estás otra vez?

TINA: Estar a punto de morir…

ELENA: ¿Pero qué dices?

TINA: ¡Y envenenado! ¡Qué horror!

ELENA: ¡Pero qué veneno ni qué niño muerto!

TINA: ¡¿También has matado a un niño?!

ELENA: ¿Qué? Tina, hija, es una forma de hablar.

TINA: Ay, a mí me está dando mucha pena este hombre.

ELENA: ¡Oye! ¡Que no! Que aquí la que te tiene que dar pena soy yo.

TINA: Si es que el pobre venía muy ilusionado por contarte algo del trabajo y ni siquiera le has dejado.

ELENA: Sí, claro. Para que me mate a mí, ¡pero de aburrimiento!

TINA: Se le ve un tipo muy sensible.

ELENA: Mucho. Muy sensible. Y un soberano muermo también. Si lo quieres, todo para ti, eh.

TINA: Quita, quita, déjate.

ELENA: Que sí, mujer. Que podríais tener muchas cosas en común. Como dejarme en paz de una vez los dos, por ejemplo.

TINA: Huy, no, no. Yo todavía tengo que reponerme de lo mío.

ELENA: Tina, cariño, tu marido te dejó hace ya diez años. Yo no digo nada porque soy una psicóloga estupenda y con mucha paciencia, pero igual ya va siendo hora de superarlo, que vas camino de tener una relación más larga conmigo que con él.

TINA: Es que todavía me acuerdo de lo que me hizo… Y me pongo mala.

ELENA: Sí, ¿verdad?

TINA: Sí.

ELENA: Te enfada, ¿no?

TINA: Mucho.

ELENA: Serías capaz de cualquier cosa, ¿a que sí?

TINA: Cualquiera.

ELENA: ¡Pues exactamente lo mismo me pasa a mí con el pánfilo este! Que sería capaz de cualquier cosa con tal de que me deje. Y tú quieres que las próximas sesiones te salgan gratis, ¿verdad?

TINA: Sí.

ELENA: Entonces limítate a hacer bien la muerta y ya.

TINA: Pero si lo estoy haciendo estupendamente.

ELENA: Venga, por favor. Si te he visto parpadear un par de veces.

TINA: Para darle veracidad.

ELENA: ¿Veracidad?

TINA: Claro, movimientos post mortem. Que yo me he hecho cursos de teatro.

ELENA: ¿Y lo de que se te escuche respirar también te lo han enseñado en teatro?

TINA: Mujer, es que me canso de contener la respiración.

ELENA: Pues te aguantas. Nadie dijo que esto fuera fácil.

TINA: Una vez hice un curso de apnea en Santa Pola, con mi Basilio.

ELENA: Me alegro mucho por ti.

TINA: Es que antes pasábamos los veranos allí, en una casa que tenían mis suegros. Y mi Basilio se empeñó en hacer un curso de esos de buceo. Total, que vi que allí los había y le saqué un vale de estos de Groupon. Baratísimo me salió, la verdad. Y como era para dos personas, pues me animé a hacerlo yo también...

ELENA: ¡¿Y a mí todo eso qué me importa ahora?!

TINA: Lo digo porque si vuelve pues lo intento poner en práctica.

ELENA: A mí como si intentas no respirar en lo que queda de mes.

Se escucha a JUAN *volviendo al salón.*

ELENA: Shhhh, calla. ¡Que vuelve! Venga, a hacerte la muerta. ¡Y no respires!

JUAN *entra en escena.*

ELENA: Hombre, Juan. Sigues por aquí, eh. ¿Ya estás mejor?

JUAN: Regular.

ELENA: Bueno, algo es algo.

JUAN: Tengo dudas.

ELENA: Joder, que ya te he dicho que está muerta.

JUAN: No, no. Digo de nuestra relación.

ELENA: Ah. Pues normal. Si es que te estoy poniendo en una situación muy difícil. Si quieres dejarme, yo lo voy a entender perfectamente.

JUAN: No.

ELENA: ¿Cómo que no?

JUAN: Que no, Elena. Yo no te quiero dejar.

ELENA: Ah, ¿no?

JUAN: No. Lo he estado pensando mucho y no.

ELENA: Mira tú qué bien, qué suerte la mía.

JUAN: Una pareja tiene que estar ahí pase lo que pase.

ELENA: Hombre, pase lo que pase…

JUAN: Que sí, incondicionalmente.

ELENA: Pero es que esto son palabras mayores. Cómplice de asesinato, ni más ni menos. De varios asesinatos, para ser exactos.

JUAN: ¿Cómplice?

ELENA: Hombre, tú me dirás.

JUAN: ¡Pues cómplice! ¡Lo que haga falta!

ELENA: Yo es que creo que no lo has pensado bien, igual deberíamos darnos un tiempo y lo meditas…

JUAN: ¡Que no! ¡Yo te quiero! ¡Te amo!

ELENA: Ya, Juan, pero…

JUAN: En la salud y en la enfermedad.

ELENA: Muy bien, pero…

JUAN: En la riqueza y en la pobreza.

ELENA: Si todo eso está genial…

JUAN: Con tus cosas buenas y tus cosas malas.

ELENA: Ya. Pero es que mis cosas malas…

JUAN: Tú misma lo has dicho antes, nadie es perfecto.

ELENA: Hombre, era una forma de hablar. Nadie es perfecto, pero se agradece un poco de cordura en tu pareja. Vamos, digo yo.

JUAN: ¡El amor es locura, Elena! Y apoyo mutuo.

ELENA: Apoyo no sé, pero locura en esta relación desde luego que hay.

JUAN: Tienes toda la razón.

ELENA: ¡Por fin!

JUAN: No te he apoyado lo suficiente con todo esto.

ELENA: ¿Qué?

JUAN: Pues eso, que tengo la sensación de que las otras veces no he estado ahí para ayudarte con esto.

ELENA: Ya.

JUAN: Te has tenido que deshacer de tres cadáveres tú sola. Es intolerable por mi parte.

ELENA: No te creas, eh. Que yo sola me doy bastante maña.

JUAN: No permitiré que vuelva a pasar.

ELENA: De verdad que no hace falta…

JUAN: ¿Cómo lo has hecho las otras veces?

ELENA: ¿El qué?

JUAN: Con los otros cadáveres. ¿Cómo te has deshecho de ellos?

ELENA: Pues…

JUAN: Bueno, eso ahora ya no importa. Según los documentales de crímenes, lo más importante es que no tengan forma de encontrar el cuerpo.

ELENA: Pero Juan, ¿tú te estás oyendo?

JUAN: Shhhh. Tranquila, cariño, que todo va a ir muy bien. Tú ve arrastrándola a la bañera, que yo bajo un momentito a comprar el ácido.

JUAN *besa a* ELENA *en la frente y sale de escena.* ELENA, *estupefacta, se sienta lentamente en el sofá, junto a* TINA. *Las dos mujeres se miran con preocupación.*

Telón.

X CONCURSO DE TEATRO BREVE
Segundo premio

La velocidad de la ceniza

Un monólogo a dos voces en tres actos

Eugenia Criado

ELLA *(como Ella Fitzgerald). Mujer entre treinta y cincuenta años. Atlética, amante de las flores y la radio. Vecina del barrio de Legazpi-Delicias. Vive sola en su apartamento.*

JOSÉ LUIS. *Hombre de aspecto afable y corpulento de cincuenta y tantos, con barba, camisa y abrigo. Traductor de textos científicos y vecino de* ELLA.

JUAN. *Hombre de unos treinta años y no muy corpulento. Lleva una gorra cualquiera y una indumentaria informal.*

ACTO I

Al fondo del escenario a la izquierda está la puerta de entrada al apartamento. El interior es un salón luminoso con un sofá para dos y un sillón a la derecha y entre medias una mesa. En esa misma pared cuelga una colección de radios antiguas expuestas en estantes. A la derecha hay una pared con una ventana alta que da a la calle donde los personajes pueden asomarse. A la izquierda hay una cocina con un fogón y todo lo necesario para preparar café. En ese mismo lado hay aparcada una bicicleta. En la parte alta del escenario se proyectan sobretítulos en mayúsculas. Tarde luminosa de febrero de 2020 en Madrid. ELLA *está ordenando su apartamento. Se escucha un programa de radio de fondo. Suena el timbre y* ELLA *se dirige al público.*

Cartel: Hades llama a la puerta

ELLA: Suena el timbre. Desde la mirilla lo veo sosteniendo algo en las manos que no alcanzo a ver. Abro la puerta.

JOSÉ LUIS *entra.*

ELLA: En las manos sostiene una maceta con un montón de bulbos diminutos apretados a punto de brotar. Son narcisos, lo sé. Sonríe, como siempre. Sin ocultar la alegría le hago un gesto para que pase. (A José Luis.) Pasa, por favor. *(Camina y apaga una radio que hay encendida a la izquierda.)* Miro alrededor el salón y busco un hueco para colocar los narcisos. *(Mira alrededor.* JOSÉ LUIS *la sigue por el escenario.)* Ya sé. Encima de la mesa del comedor. Hago un ademán para que José Luis me entregue los narcisos. Los coloco. Quiero decir algo distinto a muchas gracias, pero no se me ocurre. Muchas gracias, digo.
JOSÉ LUIS: Un placer.
ELLA: Me responde.

JOSÉ LUIS *permanece de pie junto a* ELLA, *los dos mirando al público.*

ELLA: Le conté que la semana pasada, una tarde al volver de un almacén de muebles, iba tan cargada que dejé la maceta repleta de bulbos de narcisos en el anaquel del vestíbulo de mi escalera. Decir vestíbulo es probablemente una hipérbole. Es un pasillo, muy fresco en verano, que conduce a unas sinuosas escaleras de mármol horadado y barandilla de hierro negro. Las escaleras hacen que el edificio se eleve y que subir a mi apartamento sea algo casi hermoso. Me faltaban manos para llevar todo hasta el ascensor al pie de la escalera. Así que olvidé la maceta con los narcisos. Antes de que atardeciera recordé que los narcisos todavía estaban esperándome. Pero me dio pereza bajar. Ya de noche, cuando lo recordé, bajé apresurada a buscarlos, pero ya no estaban.

JOSÉ LUIS: ¿Lograste recuperar los narcisos?,

ELLA: Me pregunta.

JOSÉ LUIS *se sienta en el sofá.* ELLA *prepara café mientras cuenta la historia.*

ELLA: *(Al público.)* José Luis es muy detallista. *(A* José Luis.*)* No, no supe cómo buscarlos. *(Al público.)* Ni que fuera Hades.

Mientras prepara el café habla a JOSÉ LUIS.

ELLA: Se lo conté al camarero del bar y me dijo que pusiera un cartel en la entrada preguntando por mis narcisos, pidiendo que, por favor, me los devolvieran.

JOSÉ LUIS: ¿Y lo hiciste?

ELLA: Escribí en mi cabeza varias notas. Por casualidad ¿han encontrado unos narcisos a punto de brotar? Si es así, por favor, devuélvanmelos, los echo de menos. Fdo. la vecina del 3°B. Esos narcisos que estaban en el anaquel eran de la vecina del 3°B.

Por favor, ¿podrían dejarlos en la puerta? Sabía que el ladrón no querría identificarse y me pareció que lo más sensato era ofrecer anonimato. Prometo no usar la mirilla. Eso no lo escribí. A medida que pasaban los días, aumentó mi indignación dramática y se esfumó la esperanza de recuperarlos. Amante de lo ajeno. Devuélveme mis narcisos. En todas las notas decía gracias. Pero no colgué ninguna. Habría sido divertido. Me consolé pensando que seguro que estaban bien regados. *(Coge la maceta y mira los bulbos.)* Qué bonitos. Estos brotes son una promesa.

JOSÉ LUIS: Son jacintos. Me han dicho.

ELLA: ¿Por qué Hades seduciría a Perséfone con un narciso? Podría haber sido… *(Mirando al público.)* Trato de pensar en nombres de flores. ¿Unas hortensias? José Luis se ríe.

JOSÉ LUIS: ¿Una amapola?

ELLA: Por el color, tal vez, pero poco regia para un dios.

JOSÉ LUIS: ¿Una margarita? Tampoco. Demasiado humilde.

ELLA: ¿Un tulipán?

JOSÉ LUIS: Es un tubérculo como los narcisos y los jacintos. Podría ser… inquietantemente inocente. ¿De qué color?

ELLA: ¿Fucsia?

JOSÉ LUIS: Mejor morado.

ELLA: ¿Un lirio?

JOSÉ LUIS: Demasiado intelectual para el dios del Inframundo. Lo ideal habría sido una magnolia o una orquídea. Pero claro, no sé si en la Grecia Antigua conocerían las orquídeas. Tienen una forma muy sexual. Por curiosidad voy a mirarlo. *(Saca el móvil de su chaqueta y lee.)* Sí, las conocían y se las comían, pero no dice nada de Hades.

ELLA: Qué curioso. También podría haber sido una magnolia. Desprenden un olor muy intenso. Hablando de Hades, para los romanos era Plutón. ¿Sabes que en enero se dio la primera conjunción Plutón-Saturno-Júpiter en más de doscientos años? Es significativo porque Saturno rige a Capricornio y a los poderosos y se siente como en casa. Además, en abril se unirán a Júpiter. Ahora todos los astrólogos especulan sobre un cambio que lo va a poner todo patas arriba. (ELLA *se levanta y habla al público.*) Ya hemos hablado alguna vez de temas esotéricos, de Reiki y de lámparas de sal.

JOSÉ LUIS: *(Al público.)* Estos temas me divierten. Tengo formación en ciencias y ahora traduzco textos científicos, por eso una parte de mi mente se resiste a toda esta charlatanería.

ELLA: *(Al público.)* Se resiste a ser infiel a la religión científica.

JOSÉ LUIS: ¿Y qué hacen todos esos veganos que se dan baños de sal? También se refugian en su religión Nueva Era.

ELLA: Lo sé. No crees nada, pero te pongo al día de la astrología mundial del momento. En diciembre se producirá la primera conjunción Júpiter-Saturno en un signo de aire desde hace ochocientos años.

JOSÉ LUIS: No paran de pasar cosas. ¿Y eso qué quiere decir? Yo me he cansado de subir las escaleras.

ELLA: ¿Estás bien?

JOSÉ LUIS: Sí, sí. Pero ¿qué quiere decir todo esto? Siempre que habláis de estas cosas suena todo muy vago y confuso. ¿Tienen alguna hipótesis?

Cartel: La seducción de Hades

ELLA: *(Continúa hablando al público, y en las réplicas mira a* JOSÉ LUIS.*)* José Luis siempre pregunta. Y no con preguntas trampa. De esas preguntas que se suceden inmediatamente tu respuesta con parlamento sobre el tema que han sacado a colación. Él escucha y vuelve a preguntar. Júpiter y Saturno son los cronocrátores, y cada vez que se encuentran generan un ciclo de veinte años que solo cambia de elemento cada doscientos años. El último ciclo ha sido en Tierra y, por eso, hemos tocado fondo en el materialismo. Hemos explotado el planeta a base de producir todo tipo de cosas que no necesitamos en masa. Y las guerras han sido especialmente densas. Poco a poco pasaremos al elemento aire, las guerras serán tecnológicas por Acuario. ¿Te aburro?

JOSÉ LUIS: No, solo que mencionas cosas que no estoy habituado a escuchar.

ELLA: Tienes razón. Cuesta explicar todo lo que significa un símbolo. Pero lo más inminente es Plutón.

JOSÉ LUIS: Pensé que Plutón había quedado relegado a la categoría de planetoide.

ELLA: En Astrología no. Aun siendo un planeta minúsculo, tiene un poder inmenso. En el reparto del mundo, a Hades/Plutón le asignaron el inframundo que regía con mano de hierro. Nadie desobedecía sus normas. En Astrología, Plutón rige el descenso al infierno tanto personal como colectivo. En ese descenso nos vemos obligados a desnudarnos psicológicamente. Su misión es despojarnos de todo lo superfluo y dejarnos desnudos en nuestra esencia. ¿Conoces el mito sumerio de Ereshkigal? Tienen algo en común. Bajar al infierno significa desprenderse de todo lo que no es nuestra esencia, lo que además de doloroso es aterrador.

ELLA *y* JOSÉ LUIS *se levantan y quedan mirando al público.* ELLA *habla y* JOSÉ LUIS.

ELLA: Ereshkigal, hermana de Ishtar diosa de la luz y del amor, también era una diosa celestial hasta que fue raptada por el dragón

Kur que la llevó al Inframundo del que se convirtió en reina. Allí reinaba con Nergal su esposo, dios de la guerra, al que logró seducir con sus encantos. En algunos textos Ishtar, su hermana, se llama Inanna; me gusta ese nombre. En el mito, Ereshkigal sufre un dolor insoportable por la muerte de su marido, ha muerto, y está a punto de dar a luz. Inanna, pura bondad, decide visitar a su hermana en el Inframundo. Antes de partir, se cubre con siete prendas de las que Ereshkigal la obligará a desprenderse en cada una de las siete puertas de entrada a su reino. Al llegar, Ereshkigal pide a Inanna que se arrodille y ordena que la cuelguen desnuda de un gancho y que muera. Antes de marchar al Inframundo, Inanna había avisado a su guardián de que, si en tres días no regresaba, debían enviar a los dioses a buscarla. Ni el dios del viento ni en el de la luna llena quisieron socorrerla. Solo Enki, dios de la tierra modeló dos figurillas con la mugre de sus uñas que viajarían al Inframundo a consolar a Ereshkigal. Tal fue la empatía y compasión que mostraron, que Ereshkigal que nunca había recibido este trato, les ofreció un obsequio. Estas dos diminutas criaturas pidieron recuperar a Inanna. La rociaron con agua y dieron el alimento de la vida a Inanna que pudo salir del Inframundo. La historia no termina ahí, Inanna tuvo que buscar un sustituto para poder volver al cielo. En su ausencia, su marido le fue infiel y tras idas y venidas, decidió que fuera él quien la sustituyera, pero solo la mitad del año. El resto del tiempo lo haría su hermana.

En esto se parece al mito de Perséfone que no escuchó la advertencia de su madre de no comer nada mientras estuviera en el Inframundo. Probó unas semillas de granada mientras su madre trataba de rescatarla y, como resultado, Perséfone se vio condenada a permanecer junto a su esposo Hades seis meses al año. ¿Era consciente Perséfone de su decisión? Parece que cuando probamos el infierno retenemos parte de la sombra o sabiduría, no sé, cuando salimos de allí.

JOSÉ LUIS: Aquí hay más lío que en una telenovela. *(Al público.)* Un ataque al corazón es un descenso a la oscuridad. El corazón en un puño. *(Encierra una mano en un puño, abre la mano y mira dentro.)* Entonces entendí la expresión. Un ataque al corazón es como meter el infierno en una caja torácica. Una caja torácica que contiene una oscuridad que no te deja respirar. La sangre se detiene y tu cerebro para. Y al recuperarte ya no despiertas como solías hacerlo. Te envuelve una tristeza densa y oscura; una sombra que nunca camina lejos. *(Vuelve a girarse hacia* ELLA.*)*

ELLA: Sí, bajar al infierno implica desnudarse. Eso es lo que hace Plutón en tránsito. Nos guste o no. Y todos nos resistimos, de alguna manera. Ese baño de realidad es doloroso. A quién le gusta que le dejen el alma en pelotas. Es una violación. Como Hades hizo con Perséfone, te agarra desprevenido y te arrastra a tu inframundo para despojarte de todo lo que no sea realmente tuyo. Porque la mayoría de nuestras ideas, gestos, muecas maneras no son nuestras. Son parches, máscaras, muletas que usamos para capear el temporal que es la vida.

ELLA *sirve más café.*

JOSÉ LUIS: ¿Cuántos inframundos hay?

ELLA: Uno muy grande con túneles que conectan los infiernos personales de cada uno. Al principio culpamos a Hades que nos ha arrastrado a su mundo, cuando en realidad es un lugar que nos pertenece. Sin saberlo. Lo mismo sucede a nivel mundano. Plutón está en Capricornio así que está purgando el sistema y desenmascarando todo lo que representa el poder. El poder y sus estructuras, los gobiernos, la iglesia, cualquier institución con poder, las ciudades…

JOSÉ LUIS: *(Interrumpe.)* ¿Las ciudades?

ELLA: Perdona, no te lo estoy explicando muy bien. Las ciudades son verticales, jerárquicas. Su verticalidad está en crisis. Cuando Plutón transite hacia Acuario empezará la crisis de la tecnología, pero todavía queda tiempo para eso. Pero ahora mismo los astrólogos esperan que algo muy pequeño, minúsculo lo cambie todo. Y al mismo tiempo Plutón purgará todas las vergüenzas del poder. Los astrólogos no predicen, especulan. Plutón se relaciona con todo lo pequeño que tiene mucho poder como la energía atómica.

JOSÉ LUIS: ¿Y tú qué piensas? ¿Crees que algo va a suceder?

ELLA: *(Al público.)* Sé que la Astrología le da risa, pero es educado y muestra curiosidad. *(A José Luis.)* No lo sé, contesto. Me cuesta creer que algún descerebrado se proponga utilizar la energía nuclear. Quizá lo mismo habría pensado en 1945. *(Al público.)* José Luis es Aries. Tiene esa alegría de los que han nacido en abril, la curiosidad infinita de los que tienen vocación de pioneros. Y un carácter sin dobleces. Alguna vez se lo he dicho, y me responde que no cree en los horóscopos, pero que él es muy Aries. Y Luis, su novio, es un Leo de libro. Ya le he dicho que no es un sistema de creencias sino una intuición, es una forma de entender que el devenir humano tiene una naturaleza cíclica y simbólica. Ahí deja de preguntarme.

JOSÉ LUIS: *(Al público.)* La astrología, homeopatía (aunque a esto sí que me opongo), y las lámparas de sal me hacen gracia. Son un sustituto de la religión de la gente pudiente, con tiempo libre y poca formación científica. Aunque los he conocido con algo de formación científica. Y eso siempre me choca. Pero la contradicción está en el centro de la condición humana. Estos esoterismos están hechos para entretener y algunas como sacacuartos. *(A* ELLA.*)* Sabes, el otro día Luis y yo estuvimos con Arturo y sus amigos de la farándula y empezaron a hablar de las resonancias de los cuencos tibetanos y cómo al vibrar transforman tus células. Los cuencos tibetanos y su sonido son hermosos pero que al resonar te transformen... *(Al público.)* Resonar y transformar, los verbos favoritos de la farándula espiritual. Una mezcla curiosa de mística, ocultismo, astrología, autoayuda, meditación y qué sé yo. *(A* ELLA.*)* Cuando cuestiono que el sonido de los cuencos tibetanos transforme las células, esta gente se convierten, quiero decir se transforman *(Hace una mueca y se ríe.)* en un coro griego que me acusa de traición. No es que no crea en la intuición, pero cuando todo lo justifican diciendo que sienten la energía no sé qué quieren decir. Me incomoda no poder decir lo que pienso. Y no hacen más que decir que siento esto o lo otro para justificar sus ideas. Parece que estamos en la Edad Media escogiendo entre religión y ciencia. Nada de lo que dicen se puede probar. Son fabulaciones. Si les hacen sentir bien, de acuerdo. Pero es una pesadilla cuando se ponen así.

Cartel: Perséfone desciende al Infierno

ELLA: La ciencia y la tecnología están regidas por Urano. No importa la ideología, la mayoría de los humanos se refugia en el rebaño, raudos nos unimos a la emboscada.

JOSÉ LUIS: ¿No vendrás a decirme que crees en el alma?

ELLA: *(Al público)* Esto me encoge. *(A* José Luis*)* ¿Por qué no? Sin pensar en ningún dios. ¿Sabes en qué se distingue el transistor de la radio? Esta metáfora me ayudó a entenderlo. Nacemos, vivimos y morimos. Nuestros cuerpos son el transistor. Cada mañana al despertarnos el transistor sintoniza la radio y estamos despiertos. Cuando dormimos el transistor está apagado. Una mañana, una tarde, una noche, el transistor deja de funcionar; deja de sintonizar la frecuencia y dejamos de existir. Pero ¿dónde está la radio? ¿Dónde está nuestra alma? Ese es el misterio que tu religión científica no puede explicar.

JOSÉ LUIS: El infierno puede ser blanco, y también puede ser negro. Hay infiernos que uno no sabe que ha visitado hasta que ha salido de ellos.

Luces.

ACTO II

Un foco ilumina la cara de ELLA. JOSÉ LUIS *está tumbado en el sofá mientras* ELLA *habla al público.*

ELLA: José Luis se ha puesto pálido. Hasta su barba ha perdido color. Me ha mirado a los ojos, los ha cerrado. Y se ha derrumbado sobre el sofá. *(Agitada.)* ¿Respira? No sé cómo saberlo. Cada vez está más pálido. Es el corazón seguro. Sufrió un amago de infarto hace un año. ¿Qué hacer? Siento que estoy envuelta en almíbar. *(Se acerca hasta el sofá y habla a* JOSÉ LUIS.*)* José Luis, digo. José Luis, ¿me oyes? *(Vuelve a girarse al público.)* José Luis, es el nombre de un amigo de mi padre y el padre de mi mejor amiga. Murió hace años y no pudimos despedirnos de él. Es una larga historia. José Luis es nombre común, de buena persona. Me acerco a la ventana, la abro. Miro a la acera y solo veo a un hombre que camina a lo lejos en el Paseo de las Delicias. Entonces grito todo lo alto que puedo. *(Camina hasta la ventana alta situada a la derecha. Grita.)* Un desfibrilador. Si pudiera gritar como Manuela Paso en La función por hacer. Escuchar a Manuela Paso en el teatro es aprender a gritar. El Paseo de las Delicias es perpendicular a mi calle. El hombre me ha visto desde la acera agitarme en mi ventana. Un tercer piso. Me hace señas y corre a la boca de metro de Legazpi. Vuelvo a gritar: un desfibrilador. *(Llora.)* Desde hace un par de años todas las estaciones de metro cuentan con un desfibrilador colgado en la pared. ¿Lo sabrá este chico? ¿Tendrá entrada de metro? ¿Cuánto tardará en pasar el torno, enfilar el pasillo, bajar las escaleras? Está en la pared del andén dirección Moncloa.

¿Lo sabrá? Seguro que pregunta al trabajador de metro. Sé que todavía hay personal de metro, pero nunca los veo. ¿Le dejarán sacarlo del metro? No veo al hombre salir de la boca del metro. José Luis sigue tendido en el sofá. Lo miro. *(Mira al público como si la ventana estuviera allí.)* Me asomo a la ventana. Me da vértigo. Hablo a una mujer que está en la calle. Es mayor. Dios mío, le ha dado un ataque al corazón a un amigo, le digo. No puedo decirle que corra a la boca de metro a buscar al hombre de la gorra. Salgo al descansillo de la escalera. Pienso en contárselo a Ana, mi vecina, pero tiene 94 años y no la quiero alarmar. Me asomo de nuevo a la ventana. Veo salir al hombre de la boca del metro con el desfibrilador en la mano. Raudo llega a mi portal. Le digo: 3º B y abro el portal desde el telefonillo. Ahora el tiempo pasa más rápido.

JUAN, *el hombre de la gorra, entra por la puerta y se acerca a* JOSÉ LUIS. ELLA *sigue describiendo la historia mirando al público.*

ELLA: La puerta está abierta. El hombre de la gorra se desenvuelve con serenidad a pesar de que me ve nerviosa. Abre el maletín, saca el desfibrilador, enciende el aparato. El aparato empieza a hablar. Yo estoy a su lado, abro la camisa de José Luis porque sé que hay que es ahí donde se colocan los electrodos. La máquina sigue hablando. «No toque al paciente mientras se realiza el diagnóstico». El hombre de la gorra y yo nos apartamos. La máquina recomienda una descarga y el hombre aprieta el botón. *(A* Juan.*)* No va a morir ¿verdad? El hombre me mira y no me responde.

JUAN: ¿Ha llamado a una ambulancia?

ELLA: No, balbuceo. ¿A qué número se llama? 112, me dice el hombre de la gorra. Por favor, necesito una ambulancia.

Voz de mujer de urgencias: Cálmese señora, qué sucede.

Ella: Mi amigo se ha derrumbado y está inconsciente y frío. Padece del corazón. Un hombre me está ayudando con un desfibrilador.

Voz de mujer de urgencias: Por favor, indíquenos su nombre y su dirección.

Ella: *(Al público.)* Cuando era niña, me dolía lo que hacíamos en la clase de lengua. Por favor, no le hagáis eso a las palabras. No entendía por qué las subrayaban. Sujeto, verbo, predicado. Todas esas líneas que ataban las palabras. No podía entenderlo. ¿Por qué no dejaban en paz a las palabras? Y ahí está José Luis tendido en el suelo atado con todos esos cables como una palabra. Y si sigo hablando José Luis va a morir seguro. La máquina ha dejado de hablar. Quiero decirle algo a José Luis. No quiero que lo último que escuche sea la voz de una máquina. José Luis, digo. Y me quedo sin palabras.

Juan *se pone de pie.*

Juan: ¿Le han dicho cuándo llega la ambulancia?

Ella: Diez minutos como mucho. Esperamos. No sé contar segundos ni minutos.

Luz de atardecer que en pocos segundos se convierte en noche. Se escucha el sonido de una ambulancia.

Ella: Al cabo de un tiempo escucho la sirena de la ambulancia. Estoy sentado junto al cuerpo de José Luis. Escucho el ruido del tráfico de fondo y la velocidad de la ceniza. ¿Es el corazón quien se detiene? ¿O es la sangre la que para y deja de animarlo?

Por la puerta, entran los enfermeros que recogen el desfibrilador y atienden a JOSÉ LUIS.

ELLA: ¿Sobrevivirá? No se lo pregunto al hombre de la gorra, que espera paciente a que los enfermeros de la ambulancia salgan del ascensor. Las escaleras solo se usan para bajar del infierno.

Dos enfermeros retiran el cuerpo de JOSÉ LUIS *y se lo llevan en una camilla.*

Luces.

ACTO III

Tres años después. Una tarde de diciembre. El escenario es ahora un exterior. Una calle de un pueblo de la Sierra de Guadarrama. La puerta del apartamento se ha convertido en la puerta de un chalé de ladrillo. Junto a la entrada hay un árbol enorme repleto de granados.

Cartel: Hades abandona el Inframundo
Cartel: Hades ya no es lo que era

ELLA *lleva ropa de deportiva y a su lado está aparcada la bicicleta. De pie habla al público.*

ELLA: La sangre viaja en la oscuridad. No paramos a pensar en los túneles oscuros que recorre. Solo prestamos atención al corazón. Un músculo que sin previo aviso se cansa. Para. Ya no puedo más, dice. ¿Cuál es el lugar más oscuro de un cuerpo? ¿Por qué la sangre de repente se queda quieta? El corazón de José Luis dejó de palpitar durante casi 7 minutos. José Luis murió. Pero, al contrario que Hades, abandonó su infierno.

JOSÉ LUIS *entra en escena y se coloca junto a* ELLA. *Ambos miran al público.*

JOSÉ LUIS: Pero resucité. Permanecí en muerte clínica 8 minutos en los que sentí que el tiempo no existía, suspendido en un tiempo de almíbar. Escuché un zumbido enorme que me sacó de mi cuerpo por la coronilla. Al principio sentí miedo. Después floté sobre mi cuerpo y ascendí por ese túnel del que hablan. Al final alcancé la luz infinita, sentí una dicha y una paz que aún recuerdo. Me sentí tan ligero como un insecto. El dolor atroz en el pecho desapareció. Se disolvió como si nunca hubiera existido.

ELLA: *(Al público.)* No subí a la ambulancia para acompañarlos al hospital. No pude localizar a Luis porque a esa hora estaba en el teatro. Estaba en una función de Cuento de Invierno. Le dejé un audio. *(Saca su teléfono y se oye su voz por un altavoz.)* Luis, escucha, ha sucedido algo. Llámame, pero cuanto antes ve al Hospital 12 de Octubre. Escuchó mi audio a la salida y fue corriendo al hospital. Nunca nadie le dijo «Podría morir» o «su corazón no responde». Luis nunca pensó que había muerto. Cuando él llegó José Luis ya había regresado de la oscuridad, y de la luz al final del túnel. Permaneció 3 días en cuidados intensivos y 3 semanas de recuperación.

JOSÉ LUIS *sale del escenario.*

ELLA: No volví a verlo. Me encontré a Luis en el barrio y me contó que estaba muy cambiado. El cartero me dijo más tarde que lo habían dejado. Los jacintos florecieron. Su olor intenso flotaba en mi apartamento, pero decidí regalárselos a Ana, mi vecina. Su ventana da al norte y no sobrevivieron para ver la luz febrero. En marzo nos encerraron. Hablar del confinamiento me hace sentir que un pájaro se ha quedado encerrado en mi boca. En poco tiempo el minúsculo Plutón lo cambió todo. No era algo tan pequeño como un átomo sino una partícula que no se sabe si está viva o está muerta. Recordé la conversación con José Luis y, en mi cabeza, le explicaba que no son los planetas que nos hacen hacer cosas, es que nos sintonizamos con su naturaleza cíclica y con ellos. Imaginaba su réplica, escéptico, atento y burlón. Meses después, el cotilla del cartero me dijo que José Luis se había mudado. Vendió su piso y se marchó al campo.

Cartel: Perséfone sabe vivir en el Infierno

ELLA: Después de tanto tiempo encerrados, aprendí a encontrar rutas y me iba a la sierra con mi bicicleta. Una tarde de febrero. *(Se monta en la bicicleta y da vueltas por el escenario. En un momento dado se fija en el árbol y se para. Tantea algunos frutos. Arranca uno de ellos. Mira si hay alguien en la ventana. De repente,* JOSÉ LUIS *abre la puerta. Esconde la granada en el bolsillo.)* José Luis, qué sorpresa.
JOSÉ LUIS: Qué alegría. ¿Cómo estás?

Los dos se colocan de pie junto al público y hablan.

ELLA: Qué buena cara tienes.
JOSÉ LUIS: Tú también.
ELLA: Te has mudado a un lugar maravilloso.
JOSÉ LUIS: ¿Vienes mucho por aquí?
ELLA: Traigo la bicicleta en el tren y me doy un paseo. Me gusta el frío de la sierra. Nunca pensé que el frío pudiera gustarme.
JOSÉ LUIS: Disculpa que nunca fuera a buscarte y darte las gracias
ELLA: No pasa nada. Sé que cuando el corazón sufre tanto, lo normal es sentirse muy triste.
JOSÉ LUIS: Me encantaría volver a verte, pero tengo un compromiso.
ELLA: Claro, está bien. Cualquier día nos vemos.
JOSÉ LUIS: Es importante, me van a entrevistar en la radio.
ELLA: ¿Y eso?
JOSÉ LUIS: Por un libro que he escrito. ¿Vives en el mismo piso de siempre?

ELLA: Sí.

JOSÉ LUIS: Te envío un ejemplar. Te lo debo.

Luces.

El escenario vuelve a ser el apartamento de ELLA. *La colección de radios de la pared se ilumina. Suena la voz de una presentadora de radio.* ELLA *se está poniendo la ropa de correr.*

VOZ DE MUJER EN LA RADIO: Hoy tenemos el placer de contar con José Luis Casa Lejana que nos va a presentar su libro La oscuridad...

ELLA: *(Continúa la locución, pero baja el volumen.)* Una semana después de llegó su libro. Me estaba preparando para correr y escuchando la radio. Un invitado presenta su libro. Morir, conocer la oscuridad más absoluta. Morir para vivir después de morir. Cuenta lo que relatan casi todos los resucitados. El túnel, la luz, la paz. Esas experiencias cambian a la gente y dejan un poso tan profundo y sincero que no es posible dejar de escuchar. En la entrevista curiosamente habla de planetas.

VOZ DE JOSÉ LUIS EN LA RADIO: Y sí, aunque soy científico de formación después de esta experiencia ha cambiado mi percepción de la vida, la muerte y todo lo invisible. A raíz de una conversación que tuve con mi amiga Ella sobre Plutón y sus tránsitos, empecé a leer sobre Astrología. La Astrología no predice, especula y significa. Ahora sé que los planetas no nos hacen hacer cosas. Sencillamente nos inician en el misterio del destino humano, porque demuestran que nuestro devenir es una experiencia cíclica y simbólica. Nos ayuda a conocer nuestros cielos e iluminan nuestros infiernos.

ELLA: Quiero seguir escuchando, pero me tengo que marchar. Puedo seguir escuchando mañana. Ya no hay que detenerse a escuchar porque no habrá una repetición posible. El transistor puede dormir hasta mañana. Dentro de una hora corro la San Silvestre y tengo que marcharme. Como cada mañana, al entrar en el metro veré el desfibrilador esperando por si alguien lo necesita. Al salir de casa, me giro para ver el color del cielo. A veces a esta hora nubes rosas cruzan el cielo azul eléctrico. En la fachada de mi edificio, en una ventana de la segunda planta veo una maceta llena de narcisos. Son preciosos, amarillo pálido. Y me pregunto ¿por qué no he vuelvo a comprar otros? No cuestan nada. No me cuestan nada.

Telón.

Ladridos
Carlos Portugal

Personajes

NORMA *(71): Esposa de* AUGUSTO
AUGUSTO *(73): Esposo de* NORMA
SOFÍA *(30): Hija de* AUGUSTO
ESTEBAN *(35): Hijo de* AUGUSTO
CAMILA *(32): Novia de* ESTEBAN
BOBBY *(12): El perro de* AUGUSTO *y* NORMA. *Es un actor sin disfraz*
NARRADOR DEL NOTICIERO

Tiempo
Actual

Lugar
El salón de una casa

Primer acto

En el escenario vemos una mesa de comedor para seis personas. Sobre la mesa hay vasos, cubiertos y servilletas. A un lado, hay una repisa con diversos objetos (una radio, cuadros, souvenirs de viajes). También vemos un sillón que está frente a un televisor de esos antiguos. Esteban, Camila y Sofía están sentados a la mesa. Hay dos puertas en el escenario: una da a la cocina, la otra, a la calle. Norma está acomodando la mesa; la vemos salir a la cocina y regresar con un salero.

Norma: ¿Había tráfico?

Esteban: Un poco, lo Normal.

Norma: Es bueno que hayan venido… Su padre los extrañaba.

Sofía: ¿En serio?

Norma: Los extraña mucho. Siempre.

Sofía: A mí nunca me llama.

Norma: Pero los extraña. Siempre. Siempre.

Norma mira a Camila. Camila está un poco nerviosa.

Norma: Qué gusto conocerte, Camila, de verdad.

Camila: Gracias, muchas gracias.

Norma sonríe y se va a la cocina.

Esteban: *(Serio. Mirando a Sofía.)* ¿Y Raúl?

Sofía: No pudo venir.

Pausa.

Esteban: ¿No debería estar aquí?

Sofía: Tenía trabajo.

Esteban: *(De mala manera.)* Como siempre.

SOFÍA: *(Con seriedad.)* Está ocupado con su nuevo proyecto.
ESTEBAN: *(Irónico.)* ¿Otro nuevo proyecto?

Pausa.

ESTEBAN: Quedamos en que él estaría aquí.
SOFÍA: *(Molesta.)* Te estoy diciendo que no pudo.
ESTEBAN: Ya... pero quedamos en otra cosa.
SOFÍA: Ya basta, Esteban... Te digo que no pudo venir.
ESTEBAN: *(Serio.)* Era importante que él estuviera aquí. ¿Esto no fue idea suya? Esto es muy importante, Sofía.

Pausa.

SOFÍA: *(Hablando en voz alta.)* Norma, ¿necesitas ayuda?
NORMA: *(En off.)* No, no. Lo tengo todo controlado.
ESTEBAN: *(Mirando a SOFÍA.)* ¿No dijiste que esto fue idea suya?
SOFÍA: Lo es. Pero a ti te interesa tanto como a mí. ¿Qué quieres que te diga, Esteban? No pudo venir y ya.

AUGUSTO *entra en escena, camina hacia la mesa. Viste ropa deportiva. Lo saludan, pero él no les devuelve el saludo. No se despega de su móvil. No aparta los ojos del teléfono. Se sienta sin mirar a los demás, no voltea a verlos.*

ESTEBAN: Papá.
SOFÍA: Papá...
CAMILA: Señor, es un gusto.

AUGUSTO *no voltea a verlos, hace un apurado ademán de saludarlos con la mano. Está muy concentrado mirando el video. Escuchamos lo que suena en el video. Es un noticiero en otro idioma. No lo entendemos.* AUGUSTO *comprende lo que ve por los subtítulos. Cuando por fin voltea a mirar a sus hijos está preocupado, desconcertado, confundido…*

AUGUSTO: *(Viendo el video. Para sí mismo.)* No puede ser…

ESTEBAN: ¿Qué pasó?

AUGUSTO: *(Viendo el video. Para sí mismo.)* Mierda. *(Sin mirarlos.)* ¿Han escuchado? *(Para sí mismo.)* No puede ser.

SOFÍA: ¿Qué cosa?

AUGUSTO: *(Sin mirarlos. Sigue mirando su móvil.)* Es algo…

SOFÍA: ¿Qué pasó?

AUGUSTO: Los perros.

ESTEBAN: ¿Qué perros?

SOFÍA: ¿Qué hay con los perros? *(Mirando a todos lados.)* Por cierto, ¿y Bobby?

AUGUSTO: *(Sin mirarlos.)* No puedo creerlo.

SOFÍA: No entiendo papá, ¿qué ocurre?

AUGUSTO: Los perros…

ESTEBAN: ¿Los perros qué?

AUGUSTO: En la televisión dice que han empezado…

ESTEBAN: ¿Han empezado?

SOFÍA: ¿A qué?

ESTEBAN: Han empezado a qué.

Silencio. AUGUSTO *muestra la pantalla de su móvil.*

AUGUSTO: *(Muy serio. Recién los mira a los ojos.)* A…

ESTEBAN: ¿A qué?

AUGUSTO: A…a… *(Pausa.)*

ESTEBAN: ¿A qué, papá?

Pausa. Augusto *los mira. Se demora en hablar.*

Augusto: A suicidarse.

Sofía: ¿Qué?

Esteban: Dicen que han empezado a suicidarse.

Esteban *se ríe fuerte.* Camila *lo mira y notamos que aguanta la risa.* Sofía *parece molesta.*

Esteban: *(Riendo descaradamente.)* Eso es una locura. Es una locura, papá. Sigues viendo ese canal de siempre, ¿no? Todas son puras mentiras…, exageraciones.

Camila *se aguanta la risa.*

Sofía: *(Extrañada.)* ¿Los perros?

Esteban: *(Lo dice como siguiéndole el juego.)* ¿Y qué más dicen sobre los perros?

Augusto: *(Sin dejar de mirar su celular.)* Eso que les digo.

Esteban: *(Riendo.)* ¿Y por qué se suicidarían?

Augusto: Nadie lo sabe. Pero hay casos en muchos países. Noruega, Sudán, Argentina…

Sofía: Debe de ser solo una coincidencia.

Augusto: Está en todas las noticias…

Esteban: *(Riendo.)* ¿Solo los perros? ¿Y los gatos no?

Camila *ríe con la ocurrencia.* Esteban *saca su móvil.*

Esteban: Aquí nunca me llega señal… ¿Cuál era la clave del wifi?… ¿Tú tienes señal?

CAMILA: Muy poca. Casi nada.

ESTEBAN: No puede ser que aquí no llegue la señal... Deberíamos comprar un repetidor... ¿No vinieron los de la empresa de telefonía a ver eso?

SOFÍA: Papá dijo que sí.

ESTEBAN: ¿Y nada?

SOFÍA: *(De mala manera.)* ¿Acaso ya tienes señal?

Augusto: ¡Miren!

ESTEBAN: Papá, es ridículo, por favor.

SOFÍA: ¿No podemos comer primero?

AUGUSTO: ¡Miren!

ESTEBAN: Papá, comamos. Luego queremos hablar contigo. De algo que, en verdad, es importante.

AUGUSTO *pone en su celular el video de un noticiero. Nunca vemos la pantalla, únicamente escuchamos la voz del narrador.*

NARRADOR DEL NOTICIERO: *(En off.)* En Noruega, la preocupación en la pequeña localidad de Geiranger sigue en aumento, cuarenta y tres perros decidieron saltar desde los techos, dieciocho corrieron hacia el río y ocho se arrojaron a los coches en una de las carreteras más transitadas del país.

NORMA: *(En off.)* ¿Todos quieren vino?

AUGUSTO: *(Exaltado.)* ¡Todo está sucediendo ahorita! ¡En este mismo momento!

ESTEBAN: Exageraciones. Puras exageraciones. No le puedes creer a la prensa. No sabemos qué intereses habrá detrás de esto. Ahora todo se mueve así, por intereses.

NORMA: *(En off.)* ¿Sirvo vino para todos? Mejor descorcho dos botellas.

AUGUSTO: Aquí hay otro video. ¡Está sucediendo ahorita! En este instante.

CAMILA: *(Mirando su celular.)* Tampoco tengo buena señal aquí. Se demora mucho en cargar.

ESTEBAN: *(Pausa.)* Debe de ser una cortina de humo, papá.

CAMILA: *(Viendo su móvil.)* Aquí en Twitter hay algo.

ESTEBAN: No le sigas el juego, Camila.

CAMILA: *(Viendo su móvil.)* Me cargó una noticia de Twitter… pero no entra a la página del periódico.

SOFÍA: *(Mirando a* ESTEBAN.*)* Papá, hay que comer. Luego vemos eso.

ESTEBAN: Además, te queríamos hablar de otra cosa. *(Mirando a* SO-FÍA. *Pausa.)* Queríamos hablarte de algo más.

SOFÍA: Sí, papá. Con Esteban estábamos pensando que creemos que es necesario que…

AUGUSTO: *(Interrumpe. Sigue mirando su móvil.)* ¿No dijeron que venía Raúl?

SOFÍA: No va a venir.

AUGUSTO: *(Sigue mirando su móvil.)* ¿Pasó algo?

SOFÍA: No, nada. Está en el trabajo.

ESTEBAN: Como siempre

SOFÍA: Esteban, por favor.

ESTEBAN: Digo que nuevamente no pudo venir.

SOFÍA: Cállate, Esteban.

AUGUSTO: *(Sigue mirando su móvil.)* Este es otro video. Es en Colombia.

ESTEBAN: *(Impaciente.)* Basta de videos, papá. Los perros no se suicidan. ¿Cuándo has escuchado de un perro que se suicide? Y menos todos en masa, coordinando. Es absurdo, es imposible. Comamos, por favor. (Pausa.) Queremos hablarte de algo. Los perros no se suicidan. Eso hacen los humanos…Y los cobardes, además.

CAMILA: *(Incómoda.)* ¿Los cobardes?

ESTEBAN: Los que no tienen la fuerza para vivir, digo. ¿Qué son? ¡Cobardes!

SOFÍA: ¿Tu vida siempre es sencilla? No deberías juzgar así.

ESTEBAN: No. No es sencilla. Pero no me derrumbo hasta el punto de querer matarme.

SOFÍA: Sabes que es un problema de salud mental, ¿no?

ESTEBAN: Esas son excusas. Palabras modernas y ya.

NORMA *vuelve y coloca dos botellas de vino en la mesa. Regresa a la cocina.*

SOFÍA: ¿Siempre estás tan seguro de todo? ¿Siempre tan seguro? *(Pausa.)* ¿No te cansa ser tan imbécil?

ESTEBAN: *(No le hace caso. Mira a su padre.)* Son mentiras, papá, mentiras de los medios y listo. Es otra cortina de humo. Quieren tapar ese nuevo caso de corrupción del gobierno *(Pausa. A* CAMILA.*)* Perdona, Camila. No te sientas incómoda con tanta tontería. Mi papá no sabe lo que dice.

NORMA *vuelve de la cocina. Trae dos platos servidos.*

CAMILA: *(Mirando su plato.)* Esto se ve riquísimo.

NORMA: *(Mientras se va de nuevo a la cocina.)* Gracias, linda.

AUGUSTO: *(Sin mirar su plato.)* Se parece bastante al que hacía su madre, ¿no?

SOFÍA: Papá, no digas eso.

NORMA *vuelve de la cocina con dos platos más. Regresa a la cocina.*

AUGUSTO: Pero sí se parece. Solo noté un detalle.

SOFÍA: Puede incomodarle.

ESTEBAN: ¿Sabes lo que ella piensa?
SOFÍA: Ya cállate, Esteban.
ESTEBAN: ¿Para qué te metes?

NORMA *vuelva con su plato. Se sienta.*

SOFÍA: *(Mirando a* ESTEBAN.*)* ¿Siempre tienes que criticar a todos?
ESTEBAN: *(Mirando a* CAMILA.*)* Camila, disculpa, de verdad.
SOFÍA: ¿Por qué te disculpas con ella? Te estoy hablando yo.
AUGUSTO: Sofía, ya.
CAMILA: Esta ensalada está riquísima.

SOFÍA *mira a su padre.*

SOFÍA: Puedes poner otro video, papá. ¿Cómo es que no he visto nada?
ESTEBAN: ¿Tú también? No le des cuerda, SOFÍA. Y hablemos de lo que vinimos a hablar.
SOFÍA: Lo haremos. Hablaremos… después de comer.
AUGUSTO: Acaba de empezar a ocurrir. Todos los videos son de los últimos minutos.
SOFÍA: *(Preocupada.)* ¿Y Bobby?
ESTEBAN: Déjalo tranquilo.
NORMA: Está en el patio.
SOFÍA: ¿Está encerrado?
AUGUSTO: Nunca está encerrado. Solo no quiere venir.
SOFÍA: ¿No quiere? ¿Cómo que no quiere?
AUGUSTO: No quiere.
NORMA: Se ha pasado el día echado.
ESTEBAN: Es un perro viejo, eso no es raro.
AUGUSTO: Nuestro Bobby es muy feliz… Él nunca haría nada de esto…

Norma *se para y va hacia el patio.*

Norma: *(En off.)* Solo está echado. Está tranquilo. Relajado. ¡Ven,
     Bobby, ven con nosotros! ¡Bobby, ven!
Augusto: Déjalo tranquilo.
Sofía: Voy a traerlo.
Esteban: Voy yo. Quiero un poco de aire

Esteban *se levanta para ir a ver a* Bobby. Norma *regresa a la sala.*

Sofía: Lo siento.
Camila: No te preocupes.
Sofía: *(Riendo.)* Es bueno que sepas cómo es esta familia.

Silencio.

Augusto: *(Viendo su móvil.)* Es increíble…aquí dice que los últimos
     veinte minutos han muerto trescientos perros saltando de edifi-
     cios en la ciudad de Nueva York.
Camila: *(Espantada.)* ¿Trescientos?

Camila *está leyendo noticias en su celular.*

Camila: Aquí me cargó otra noticia de Twitter. Madrid: los perros
     están escapando, corriendo lejos de casa. Han encontrado doce-
     nas de cuerpos de perros en la carretera que rodea a la ciudad.
Sofía: *(Asustada.)* ¿Dónde lo estás leyendo?
Camila: Es un tuit de la CNN. *(Pausa.)* No me carga más ¿Cuál es
     la clave del wifi?
Norma: *(Sin darle importancia.)* Uy, hija, nunca la recordamos.

SOFÍA: No puede ser verdad que algo así esté ocurriendo. Debe de ser una broma.

AUGUSTO *sigue leyendo noticias desde su móvil.*

AUGUSTO: En Uruguay cincuenta perros corrieron hacia el mismo lago...

SOFÍA: Pero los perros nadan.

AUGUSTO: Estos se ahogaron... ¿Decidieron ahogarse?

Vuelve ESTEBAN. *Ahora sí lo vemos preocupado.*

ESTEBAN: Es extraño.

AUGUSTO: ¿Qué?

ESTEBAN: Bobby no quiere venir.

SOFÍA: ¿No quiere?

AUGUSTO: ¿Qué hace?

ESTEBAN: No hace nada. Solo está echado. Como si mirara al vacío. Lo cargo y sus patas se van para abajo... Como si quisiera seguir allí. Como si quisiera quedarse allí echado.

CAMILA: ¿Está triste?

ESTEBAN: *(Se encoge de hombros.)* No lo sé ... ¿Cómo se sabe si un perro está triste?

Todos menos NORMA *se paran y salen de la escena a ver a* BOBBY. NORMA *se queda en la sala. Agarra una pequeña radio de la repisa y se sienta de nuevo en el comedor. Se escucha la voz del narrador de la radio.*

NARRADOR DEL NOTICIERO: *(En off.)* No deja de suceder. Tenemos informes de todo el mundo, en todos los países, los perros están saltando, corriendo desesperados hacia el vacío. O se están lanzando contra los coches. Es como si hubieran dejado de querer vivir. No tenemos idea de lo que está ocurriendo. No tenemos idea de lo que realmente ocurre.

AUGUSTO: *(En off.)* ¡Vamos Bobby, ven! ¡Ven!

SOFÍA: *(En off.)* ¡Vamos Bobby, vamos!

ESTEBAN: *(En off.)* ¡Ven Bobby, ven!

Se escucha un grito atroz que viene de afuera. NORMA *se levanta asustada. Mira hacia la puerta que da a la calle.*

SOFÍA: *(En off.)* ¿Qué es eso?

AUGUSTO: *(En off.)* ¿Dónde ha sido?

NORMA *corre hacia la puerta que da a la calle y sale de escena.* ESTEBAN, SOFÍA *y* CAMILA *entran al comedor y luego corren también hacia la calle.* AUGUSTO *que ha traído cargado a* BOBBY *se queda en el comedor y camina hacia el público. Tiene cargado a* BOBBY.

AUGUSTO: *(A* BOBBY. *Preocupado.)* Tú no vas a saltar, ¿no?… No vas a saltar. *(Camina hacia el público. Deja a* BOBBY *echado en el suelo. Mira a la puerta que da a la calle. Mira al público.)* La puerta de María, la vecina, está abierta. Ella está llorando echada en el piso. Ni mi hijo, ni mi hija, ni mi esposa la han visto así en treinta años que vivimos en esta casa. Su perro… Un schnauzer blanco… saltó desde la ventana. Cuando eso ocurrió ella solo se asomó una vez a mirar por la ventana, no ha podido volver a hacerlo. Sofía y Camila corren hacia ella. Se acercan a ella, la vecina no las mira. Mira a ningún lado, mira al vacío. Ni Sofía ni Camila han visto antes ojos tan tristes. Sin lágrimas. Vacíos. Completamente inertes. Mi hijo, Esteban, se queda en la calle, no entra a la casa. Camina hacia el cuerpo del schnauzer blanco. Se queda parado allí mirando el cuerpo. Piensa si acercarse más, pero se detiene. ¿No puede? Creo que no puede hacerlo. Mi esposa no se ha acercado ni al perro ni a la vecina. Ha empezado a rezar muy bajito.

Luces.

Segundo acto

Cuando vuelve la luz, la familia está en la sala. Norma *está sentada en el sillón, tiene un rosario en la mano.* Camila *no está.* Augusto *y* Norma *están mirando las noticias en el televisor.*

Sofía: No puedo creerlo... María estaba destrozada... *(Mirando a* Bobby.*)* ¿Qué haremos con Bobby?
Esteban: Debemos protegerlo.
Augusto: ¿Ahora entiendes que esto es real?

Esteban *está abrazando a* Bobby. Norma *está rezando un rosario, silenciosa.*

Sofía: *(Para sí misma.)* No puede ser real. No puede serlo, no puede serlo. No puede SERLO.

Vuelve Camila *a escena desde la puerta que da a la calle. Tiene el móvil en la mano.*

Camila: Mi mamá todavía no llega a casa. Debo irme.

Esteban *se pone de pie.*

Esteban: Te acompaño... ¿Qué te dijo?
Camila: *(Asustada.)* Está llegando a casa. Quiero estar ya con Princesa.
Augusto: Es mejor que se queden. No sabemos cómo puede estar todo afuera.
Camila: Tengo que irme. Debo ver cómo está.

AUGUSTO: Todos se pueden poner muy locos. Demasiado locos. Tenemos que quedarnos aquí.

CAMILA: De verdad debo irme… Gracias… por todo.

ESTEBAN *se coloca su chaqueta.* CAMILA *coge su abrigo.*

SOFÍA: *(A* AUGUSTO.*)* ¿Lo dejarás a Bobby? No sabemos lo que puede pasar.

ESTEBAN: Tengo que acompañar a Camila. Debo ir con ella.

SOFÍA: ¿Y Bobby? ¿No te importa?

ESTEBAN: No digas eso.

CAMILA *camina hacia la puerta que da a la calle. Suena su móvil. Contesta.*

CAMILA: Un momento, mamá, no te escucho bien.

CAMILA *camina y sale por la puerta que da a la calle.*

CAMILA: *(Hablando en el móvil. En off. Se le quiebra la voz.)* ¿Mamá?

ESTEBAN *sale por la puerta detrás de ella.*

CAMILA: *(Hablando en el móvil. En off. Alterada.)* ¡¿Qué?! ¡Mamá! ¡¿Qué?!

ESTEBAN: *(En off.)* Camila… ¿Qué pasó?… Camila…

Pausa. AUGUSTO *se sienta en el suelo frente a* BOBBY *y lo mira fijamente a los ojos.*

SOFÍA: ¿Qué haces, papá?

AUGUSTO: Intento saber qué piensa.

Esteban *y* Camila *entran a la casa.* Esteban *la abraza y* Camila *que no deja de llorar. Pausa.*

Sofía: Lo siento muchísimo.
Camila: *(Tartamudeando.)* Debo volver... Debo estar... con mi mamá.
Esteban: Te acompaño.
Augusto: *(Muy asustado.)* No pueden salir. No es lo mejor.
Esteban: Nos vamos.

Augusto *se levanta para detenerlos, les señala el televisor. Le sube el volumen al televisor.*

Narrador del noticiero: *(En off.)* Hay saqueos en todas las ave-
nidas principales, las personas han salido de sus casas. Nunca
habíamos visto algo así. Todos están desquiciados. Manifestan-
tes... Extremistas religiosos... Personas en busca de respuestas,
vándalos. El gobierno ha ordenado un toque de queda.

En la calle suena el sonido de un automóvil chocándose con una casa. Todos se asustan. Se escuchan más gritos en la calle.

Camila: *(Asustada.)* No me importa. Tengo que ir con ella.
Esteban: Esperemos unos minutos, Camila, que esto se calme... Es
lo mejor
Camila: *(Asustada.)* Debo irme.
Esteban: Camila, por favor... No hay nada que puedas hacer ya.

Camila *mira a* Esteban *con cólera. Se escuchan gritos más fuertes en la calle. Hay gente discutiendo, peleando, llorando.*

SOFÍA: *(Para sí misma.)* ¿Esto es real? ¿Esto es real? ¿Esto es real?

ESTEBAN: Serán solo unos minutos y nos vamos.

CAMILA: *(Gritando. Llorando.)* ¡Tengo que ir a casa! ¡Tengo que ir!

ESTEBAN *la abraza.* CAMILA *no quiere abrazarlo. Se mete al baño.*

ESTEBAN: Camila, por favor, déjame entrar.

SOFÍA: Qué haremos con Bobby. Tenemos que hacer algo. Tenemos que hacer algo por él.

NORMA *empieza a rezar su rosario en voz alta.*

NORMA: Dios te salve María, llena eres de gracia.

AUGUSTO: Norma, por favor.

NORMA: Bendita tú eres entre todas las mujeres

AUGUSTO: Norma, para.

NORMA: Y bendito es el fruto de tu vientre, Jesús.

AUGUSTO: No empieces con eso, Norma… ¿Crees que algún Dios permitiría esto?

NORMA: Santa María, madre de Dios.

AUGUSTO: ¿Crees que algún Dios permitiría algo así de horrible?

ESTEBAN: Un dios que nos odia. Uno muy perverso.

SOFÍA: ¿Eso sería alguna novedad?

NORMA: Ruega por nosotros los pecadores.

ESTEBAN: *(A* SOFÍA.*)* ¿Qué cosa?

NORMA: Ahora y en la hora de nuestra muerte.

SOFÍA: Un dios muy perverso.

AUGUSTO: Norma, para por favor.

NORMA: Amén.

SOFÍA: Déjala ya, papá.

AUGUSTO: *(Ofuscado.)* Dios no existe, ¿ahora no les queda claro? Y si existió ya se murió ¡Se murió!

NORMA: Dios te salve, María. Llena eres de gracia.

SOFÍA: Déjala rezar en paz

AUGUSTO: *(A* NORMA, *alzando la voz.)* ¿Qué clase de dios permitiría algo así?

NORMA: Llena eres de gracia.

AUGUSTO *le sube el volumen al televisor lo más que puede. Se escucha ruido de revueltas.* SOFÍA *se para frente al televisor.* NORMA *sigue rezando.*

SOFÍA: ¿Por qué hacen todo esto? ¿Qué quieren lograr?

AUGUSTO: Algunos son fanáticos religiosos que dicen que este es el apocalipsis… Otros creen que todo ha sido culpa de un experimento de algún gobierno… Y otros… simplemente creen que luego nos pasará a nosotros. *(Pausa.)* Que empezaremos a suicidarnos todos.

SOFÍA: ¿Y tú qué crees?

AUGUSTO: La verdad no sé. No tengo idea.

Pausa. SOFÍA *camina hacia* BOBBY. *Se para frente a él.* SOFÍA *mira fijamente a* BOBBY.

SOFÍA: ¿Se habrán cansado de nosotros? ¿Estarán hartos?

ESTEBAN: ¿Qué dices?

SOFÍA: ¿Estarán hartos?

ESTEBAN: ¿Hartos? ¿Qué cosas dices?

SOFÍA: Hartos de nosotros.

ESTEBAN: ¿Cómo podrían estar hartos? Nos aman.

SOFÍA: Nos amaron, pero todos se cansan, ¿no? Todos tienen un límite. Quizás los desilusionamos tanto que llegaron a su límite y se cansaron de nosotros. Quizás los agotamos demasiado, quizás somos demasiado mierdas. Demasiado mierda para ellos, quizás en el fondo llevan tiempo despreciándonos. ¿Me entienden?

ESTEBAN: Son perros, Sofía.

SOFÍA: ¿Nunca has sentido que te miran como si esperarán más de ti?

ESTEBAN: ¿Quiénes?

SOFÍA: Los perros. Como si ellos esperaran más de ti. Pero al final somos esto. SOLO somos esto. Somos mierda. Y siempre seremos mierda.

ESTEBAN: Yo qué sé, Sofía.

SOFÍA *camina al público.*

SOFÍA: *(Al público. Ninguno de los demás la escucha.)* Llevo un año separada de Raúl. Les he mentido una y otra vez a mi familia. A todos. Varias veces. El único que parecía mirarme extraño era Bobby, cada vez que venía a casa y le mentía a mi papá. No, no fue culpa de Raúl. Fue mía. Me enganché con un amigo del trabajo. Nos vimos un par de veces en un hostal a las afueras. Somos una mierda, ¿no? ¿no lo somos? Fui muy cuidadosa o creía que lo era. Igual lo descubrió todo. Nunca supe cómo. Una noche me dijo que lo sabía todo y que se iba. Yo solo podía pensar en cómo lo había descubierto si fui tan cuidadosa. ¿Por qué solo pude pensar en eso? No en que había hecho mal… Solo pensaba en cómo diablos se había enterado *(Pausa.)* ¿No somos una mierda? ¿No somos pus en el mundo? ¿No somos eso? El único que parecía mirarme extraño era Bobby. Los perros saben quiénes somos, siempre saben quiénes somos. Cuando estamos con ellos somos nosotros mismos porque creemos que no nos entienden. Pero... ¿y si sí entienden? ¿Y si sí saben lo mierda que somos? ¿Y si lo descubrieron hace tiempo y no pueden más? ¿Y si se hartaron de nosotros? ¿Y si por fin se cansaron de nosotros?

AUGUSTO *le sube el volumen al televisor.*

NARRADOR DEL NOTICIERO: *(En off.)* No cesa el suicidio masivo de perros alrededor de todo el mundo. Nos ha llegado un video de Santiago de Chile. Una niña corre para salvar a su perro que saltaba de la ventana y cae con él.
SOFÍA: Apaga eso, papá. No puedo más.

AUGUSTO *no hace caso. Sube más el volumen.*

NARRADOR DEL NOTICIERO: *(En off.)* La niña murió en el acto al caer del piso 15. Murió abrazando a su bichón maltés.
SOFÍA: Apaga eso, papá, por favor. No puedo más.
AUGUSTO: Tenemos que estar enterados.
SOFÍA: ¿Para qué?
SOFÍA *le baja el volumen el televisor.*
AUGUSTO: Solo así sabremos qué hacer.
SOFÍA: No podemos hacer nada aquí. Tenemos que ir por ayuda. Alguien debe saber qué hacer.
AUGUSTO: Pero ¿quién?
SOFÍA: El ejército, la policía. Alguien, alguien debe saber qué hacer. Dame tu teléfono.
ESTEBAN: Esos no saben nada.

AUGUSTO *le da su móvil a* SOFÍA. *Pausa.*

Sofía: Tiene que… haber…alguna página donde nos diga qué hacer. *(Pausa.)* Dios mío… *(Pausa.)* Dios mío…

Pausa.

Esteban: ¿Qué pasó?

Sofía: Todo está peor de lo que pensé.

Augusto: No pueden salir.

Esteban: *(Mirando a* Bobby.*)* No quiere ni mirarnos. Debe de ser algo químico que está ocurriendo, un desbalance…

Sofía: Quizás solo están hartos.

Esteban: Ya para con eso. ¡Los perros no tienen consciencia colectiva!

Norma: *(Desesperada.)* ¡Hartos de nuestros pecados! Esto es un castigo de Dios. Es un castigo de Yahvé. Es una señal de Dios. Nos dio todo y nos los quita todo.

Augusto: *(Molesto.)* ¡Ya cállate, Norma! ¡Dios no existe! ¡Cállate ya! Para con eso.

Se escuchan disparos en la calle. La familia se agacha. Sofía *marca una y otra vez desde el celular de* Augusto.

Esteban: ¿Qué haces?

Sofía: Intento llamar a Raúl, no suena.

Esteban: Dónde está.

Sofía: En el trabajo.

Augusto: *(Para sí mismo.)* ¿Qué diría su mamá en un momento así? ¿Qué haría ella?

Norma *empieza a rezar en voz más mucho más alta. Se estrella un automóvil contra el poste de afuera. Luces.*

Norma *sigue rezando el rosario. Solo se prende una luz que ilumina a* Norma. *Está de pie frente al público.*

Norma: *(Al público.)* ¿Y si todo lo que nos contaban de niños era verdad? ¿Y si ese lugar en el más allá realmente existe? ¿Y si esta es la prueba definitiva?, ¿la prueba final?, ¿el mundo hartó a Dios? ¿Y si él nos manda una plaga? ¿Y si él nos dice que el tiempo se acabó? Que ya no hay marcha atrás. ¿Si ya lo hizo antes qué le impide hacerlo de nuevo? ¿No castigó a Saúl por quedarse con unas tristes ovejas?… ¿Qué no nos haría a nosotros?, ¿qué no nos haría a nosotros con cómo somos? Siempre hablamos del juicio final, del día en que no habrá mañana, del momento del final, pero ¿cómo actuar cuando llega? ¿Quiénes debemos ser en un momento así? Quizás solo tengo miedo. Solo tengo miedo…

Norma *se sienta.*

Norma: *(Al público.)* Quizás solo tengo miedo… Cuando murió mi papá creí que ese sería el peor día de mi vida. Luego murió mi mamá y creí que ese sería el peor día de mi vida. Murieron dos hermanos más y pensé que eran los peores días de mi vida. Eso de alguna forma es crecer. Saber que siempre habrá un día peor que el anterior peor día de tu vida. La vida se convierte en eso…, en una sucesión de peores días de tu vida. Pero esto es diferente: el mundo se vuelve salvaje. Preferiría morir y ya.

La luz vuelve a iluminar a todos. Están de pie frente a la puerta que da a la calle. Se escuchan más disparos y gritos que vienen de afuera.

AUGUSTO: La gente se ha vuelto loca.

SOFÍA: Tranquemos la puerta, papá.

SOFÍA, ESTEBAN *y* AUGUSTO *ponen sillas detrás de la puerta. Luego mueven la mesa para trancar la puerta.* CAMILA *sale del baño y se sienta en el suelo acariciando a* BOBBY. NORMA *continúa rezando.* CAMILA *mira al público mientras* SOFÍA, AUGUSTO *y* ESTEBAN *trancan puertas y ventanas con objetos de la casa.* NORMA *reza en voz muy baja.*

CAMILA: *(Al público.)* Princesa llegó con un mes de nacida. La adop-
tamos. Mi mamá la encontró en la calle. En un basurero, dentro
de una bolsa. Estaba temblando. No lloraba porque no tenía
fuerzas. ¿Quién podría haberla abandonado así? ¿Quién podría
hacer algo así? ¿Hasta dónde puede llegar el ser humano para
hacer algo así? El veterinario nos dijo que tenía anemia. Que
necesitábamos darle un alimento especial de esos carísimos. Lo
hicimos. Una vez en el parque, ya habían pasado dos años desde
que la rescatamos, la mordió un poddle. Lloré todo el camino
hacia la veterinaria sintiéndome culpable. Antes de Princesa es-
tuve deprimida. *(Pausa.)* Antes de Princesa pensaba en matar-
me. Antes de Princesa pensaba que nada valía la pena. Pensa-
ba… ¿en qué afectaría al mundo si yo no estuviera? Pensaba en
eso cuando estaba en un piso alto y había una ventana. Pensaba
en eso cuando pasaba el metro cerquita a mí. Cuando sentía el
golpe de aíre que deja el metro cuando pasa a tu lado. Esa estela
de aíre que te golpea la mejilla y piensas en esa gente que sí sal-
ta y piensas en qué te separa realmente de esa gente, en qué te
diferencia de ellos. Quizás nada. Quizás menos de lo que crees.
Antes de Princesa pensaba en eso. No había una razón. Nunca
me han roto el corazón… Nunca he sufrido algo importante…

Nunca he vivido algún momento horrible… Solo era la vida…, la rutina…, el día a día… Cuando el señor que era mi papá se fue a otra casa, con otra familia, yo era muy niña. No era consciente realmente. No entendía lo que sucedía. Mi mamá me llevó al psicólogo varias veces. Ella creía que yo me sentía triste porque ese señor que era mi papá se había ido. Pero no estaba triste por eso. Me sentía triste por otra cosa. Era algo que sientes dentro. Como una nube de humo de cigarrillo que está en tu corazón. Creo que la he sentido desde siempre. Una nube de humo de cigarrillo en el alma. No tiene que ver con nada que hayas vivido, tiene que ver con la vida en sí misma. Antes de Princesa pensaba eso. Pero Princesa llegó y dejé de fantasear con el vacío o con dejarme caer al tren. Sentía que ella me necesitaba, que ella necesitaba que la cuide. Dejé de pensar en eso.

Augusto *le sube más el volumen al televisor.*

Narrador del noticiero: *(En off.)* Se han reportado saqueos en quince puntos de la capital. Grandes cantidades de personas están saqueando supermercados, centros comerciales… La idea de que el fin del mundo está…

El Narrador del noticiero *se detiene de golpe.*

Sofía: Qué le pasó.
Esteban: Está leyendo algo en su teléfono.

Narrador del noticiero: *(En off.)* Mierda. *(Pausa.)* Mierda… Mierda.

Sofía: ¿Qué está pasando?

AUGUSTO: *(Al público.)* El periodista se ha quitado el micro. Está llorando frente a la cámara. Frente a todos. No puede evitarlo. *(Pausa.* AUGUSTO *camina más hacia el público.)* Yo siempre creí que sabía lo que debía hacer. Lo que debía hacer en cada momento de la vida. Siempre. Siempre creí que sabía qué debía hacer por mis hijos, por mi esposa. Siempre supe. Ahora no. No sé. No tengo idea. Sé que me derrumbaré si algo le ocurre a este perro. Sé que me derrumbaré si algo le ocurre a Bobby. Siempre sentí que los perros te querían así seas quién seas, así los defraudes. Con los hijos no es igual. Con los hijos vas viendo en sus ojos cómo los defraudas. Como dejas de ser esa figura que idolatran y te vuelves mierda, y no eres nada o eres peor que nadie o peor que nada. Con los perros no. Con Bobby no. Con ellos nunca había importado lo mierda que fueras. Cuando mis hijos vienen a verme siento que no quisieran estar aquí. Que lo hacen por costumbre, protocolo. Porque tienen que hacerlo. *(Pausa.)* Tiene sentido. Yo tampoco quisiera pasar el día conmigo. *(Pausa. Mira al televisor. Mira al público.)* El periodista se ha parado y se ha ido. El set ha quedado vacío. Nadie apaga la cámara. Nadie ocupa su lugar. Ya no le interesa a nadie hacerlo. Solo vemos el set vacío. Y no decimos nada. No recuerdo hace cuánto habíamos estado callados sin decirnos nada.

Pausa larga.

ESTEBAN: Tenemos que revisar toda la casa.

SOFÍA: ¿Para qué?

ESTEBAN: Tenemos que esconder todo lo que sea un peligro para Bobby.

CAMILA: *(Mirando al público.)* Princesa corrió a golpearse contra una pared tantas veces como pudo. Mi mamá la encontró en mi cuarto. Lo hizo en la pared de mi cuarto. No entiendo por qué.

ESTEBAN *y* SOFÍA *caminan por el piso revisando todo.*

AUGUSTO: *(Exaltado.)* Tiene que sobrevivir esta noche. ¡Tenemos que hacer que sobreviva esta noche! ¡Eso es! Si sobrevive esta noche no pasará nada. Si sobrevive esta noche.

SOFÍA: No estamos seguros de eso.

AUGUSTO: ¡No estamos seguros de nada! ¡Pero es algo a lo que aferrarnos!

NORMA: Lo que necesita es agua bendita.

AUGUSTO: No le echarás ninguna de tus brujerías a mi perro.

CAMILA: ¿Y si le ponemos música alegre? Cuando yo estaba deprimida… el psicólogo me recomendó escuchar música.

ESTEBAN: ¿Deprimida? ¿Psicólogo?

CAMILA *ignora a* ESTEBAN.

SOFÍA: ¿Como cuál?

CAMILA: A Princesa le gustaban los Beatles.

SOFÍA: A Bobby también.

AUGUSTO: A todos los perros del mundo les gustan los Beatles.

SOFÍA: Pero cuál.

CAMILA: ¿Cuál?

SOFÍA: Cuál canción

CAMILA: «Here comes the sun». Esa le gustaba a Princesa.

SOFÍA: Esa.

AUGUSTO: Sí.

SOFÍA *reproduce desde el móvil de* AUGUSTO *«Here comes the sun».*

AUGUSTO: Ni siquiera nos mira.
ESTEBAN: Acércale el teléfono.

SOFÍA *se acerca a* BOBBY *con el móvil.*

CAMILA: Quizás debamos cantarle.
SOFÍA: Podríamos.

Empiezan a cantar. Casi por obligación. Por salvar a BOBBY.

ESTEBAN: Here comes the sun... turu ru ru.
SOFÍA: ¡Mira! Alzó la vista. ¡Está mirándonos!

Toda la familia canta.

ESTEBAN: Little Darling. It's been a long cold lonely winter.
AUGUSTO: Little Darling... It feels like years since it's been here.
SOFÍA: Here comes the sun.
AUGUSTO: Turu ru ru.
CAMILA: It's all right.
SOFÍA: Está distraído mirándonos.

Todos cantan y se mueven, bailan un poco al cantar. Cantan lo que queda de la canción.

CAMILA: Está funcionando.
SOFÍA: Sí, está funcionando.

BOBBY *se levanta. Los mira.*

SOFÍA: Parece que ahora sí reacciona

BOBBY *empieza a correr por el escenario. Luces. Escuchamos un sonido de golpe contra la pared. Gritos de la familia. Pausa larga.*

ESTEBAN: *(Gritando al público.)* Bobby corre. Estrella su cabeza contra la pared. Lo hace de nuevo. Mi padre corre a abrazarlo. «¡No, Bobby, no!», grita. Nunca vi así a papá. Bobby se ha detenido. Lo mira a mi padre. Mi padre lo abraza.

TERCER ACTO

Vemos a AUGUSTO *acariciando a* BOBBY. *Los demás los rodean.* AUGUSTO *no se separa de él.*

ESTEBAN: ¿Qué más podemos hacer? ¿Qué más nos queda por hacer?

SOFÍA: Vamos por ayuda, Esteban. Tú y yo. Alguien debe saber qué hacer.

AUGUSTO: Nadie saldrá de aquí.

ESTEBAN: ¿Nadie tiene pastillas?

CAMILA: ¿Pastillas?

ESTEBAN: Antidepresivos.

SOFÍA: ¿Qué estás hablando? Vámonos ya.

ESTEBAN: No, no. Es una buena idea. Si es algo químico, un fármaco le ayudará a balancear la química de su cuerpo. Eso he leído. Si funciona con humanos funcionará con perros. Tenemos que intentarlo.

CAMILA *camina hasta su cartera que estaba en una silla.*

SOFÍA. Es una tontería. Estamos perdiendo tiempo. El gobierno debe de haber dispuesto de algún espacio de ayuda. Alguien tiene que saber qué hacer.

ESTEBAN: No has encontrado nada en Twitter ni Facebook, Sofía. No tiene sentido salir a preguntar.

CAMILA *le da un frasco de pastillas a* ESTEBAN.

Camila: Toma.

ESTEBAN: No sabía.

CAMILA: Desde niña.
SOFÍA: ¿Y si le hace daño?

NORMA *sale de escena, se va a su habitación.*

ESTEBAN: *(A* CAMILA.*)* ¿Cuánto pesas?
CAMILA: 53.
ESTEBAN: ¿Y Bobby?
AUGUSTO: 19.
ESTEBAN: Le daremos un cuarto de pastilla así no nos arriesgamos
AUGUSTO: Pero eso es para humanos.
ESTEBAN: No lo matará. Tenemos que intentarlo.
ESTEBAN: *(A* CAMILA.*)* ¿Qué se siente?
CAMILA: Te sientes menos cansado. Como con más energía. Eso siento yo.
ESTEBAN: Lo ves papá. No pasa nada.

Regresa NORMA *a escena.*

NORMA: ¡Lo encontré! Sabía que tenía un poco de agua bendita
AUGUSTO: ¡Aleja eso!
NORMA: Habla con respeto. Es algo sagrado.
AUGUSTO: No le pondrás esa mierda a mi perro.
NORMA: Habla con respeto, Augusto.
AUGUSTO: Aleja esa MIERDA de mi perro.
ESTEBAN: Papá, en todo caso, es solo agua.
AUGUSTO: Malditos fanáticos.
ESTEBAN: Cortaré la pastilla.

ESTEBAN *camina a la cocina, sale de escena.* NORMA *se acerca a* BOBBY *con el frasco de agua bendita.*

AUGUSTO: No le pondrás esa mierda a mi perro

NORMA: No hables así del agua sagrada.

AUGUSTO: Que no, carajo. Que no le pondrás esa mierda a mi perro. A mi perro lo dejas en paz de tus vainas.

NORMA: ¡No hables así! ¡Esto es sagrado!

SOFÍA: Papá, qué daño te hace si le echa el agua bendita o no.

AUGUSTO: A mi perro no lo metes en esas vainas. ¡A mi perro no! ¡A mi perro no! ¡A mi perro no! ¡A mi perro no!

AUGUSTO *abraza a* BOBBY. *Y empieza a llorar.*

AUGUSTO: A mi perro no, a mi perro no, a mi perro no.

SOFÍA *abraza a su padre.* ESTEBAN *vuelve con la pastilla partida y una salchicha.* ESTEBAN *se detiene. Mira a su padre. Camina hacia el público.*

ESTEBAN: *(Al público.)* Mi padre nunca fue de darnos abrazos. Fue criado a la antigua y él nos educó a la antigua. Con cierta distancia. Cierta distancia necesaria diría él. Su padre era alcohólico, por eso mi padre casi ni tomaba. Y le gustaba quedarse en casa. Creo que lo que más le gustaba a mi padre era pasear al perro en el parque. Yo me acercaba al perro para que él se acercara a mí. Pero sentía que estorbaba, que yo estaba de más. Los perros siempre fueron eso que mi papá quería más que a mí. Mamá empezó a creer que mi padre le era infiel por la cantidad de horas que pasaba en el parque. No recuerdo una vez que mi padre me abrazara que no sea navidad o mi cumpleaños. No lo recuerdo. Quizás por eso soy así. Quizás por eso tampoco abrazo a mi hijo. Debí hacerlo. Cuando nació me prometí que lo haría, que yo sería distinto, pero fue creciendo y dejé de abrazarlo. No entiendo por qué. Ahora tiene dieciséis años. Vive con mi exesposa. No sé si me quiere. Y lo que es peor, no sé si realmente lo quiero.

Pausa.

NORMA: ¿Por qué creen que la pastilla lo ayudará y el agua bendita no?
AUGUSTO: Porque una mierda es ciencia y la otra brujería. Puta brujería.
CAMILA: *(Con voz firme.)* Pónganle las dos cosas y ya está. Dejen de joder.
AUGUSTO: No.
CAMILA: Las dos cosas y listo.
AUGUSTO: No le echarán esa brujería de mierda a mi perro.

NORMA *le tira agua bendita a* AUGUSTO *y a* BOBBY. AUGUSTO *se levanta y empieza a sacarse el agua bendita con la mano, asqueado.* CAMILA *empieza a reír.*

NORMA: Listo.
AUGUSTO: ¡Puta brujería! ¡Puta mierda! *(A* ESTEBAN.) Dame eso.

AUGUSTO *pone la pastilla en el hot dog. Se lo da a* BOBBY. BOBBY *escupe.*

SOFÍA: Lo escupe.

AUGUSTO *intenta de nuevo.* BOBBY *vuelve a escupir.*

NORMA: Quizás con el agua bendita ya fue suficiente.
AUGUSTO: Ya basta, Norma.

CAMILA *ríe fuerte. No deja de reír.* AUGUSTO *sigue intentando darle la pastilla a* BOBBY, *hasta que lo consigue.*

ESTEBAN: ¡Por fin!

AUGUSTO: Ahora solo tenemos que esperar.

CAMILA: Ustedes están más locos que yo. Puta familia de locos.

ESTEBAN *mira a* CAMILA *sorprendido.*

CAMILA: Para lo que me importa. Ya no me importa nada... Si el mundo se va a la mierda prefiero reírme. Prefiero reírme si el mundo se va a la mierda. Mejor reírnos si todo ya se va a la puta mierda

SOFÍA *ríe con ella.*

SOFÍA: En eso estoy de acuerdo. Es más....

SOFÍA *coge la botella de vino de la mesa. Empieza a beber de pico.*

SOFÍA: Si el mundo se va a la mierda.

CAMILA *coge la botella y bebe.*

ESTEBAN: No es mala idea.

SOFÍA: ¿También quieres emborracharte, hermanito?

ESTEBAN: No es eso.

CAMILA: ¿Entonces? ¿Vas a criticarnos?

ESTEBAN: No.

CAMILA: Siempre critica.

SOFÍA *asiente.*

ESTEBAN: *(Mirando a* BOBBY.) ¿Y si también lo emborrachamos?

SOFÍA: ¿A quién?

CAMILA: ¿A tu padre?

AUGUSTO: ¿A Bobby?

NORMA: *(Indignada.)* No le pueden dar licor. Si tiene agua bendita en el cuerpo.

CAMILA: Es vino.

NORMA: ¿Y eso qué tiene?

CAMILA: ¿Los curas no se emborrachan siempre con vino?

NORMA *la mira molesta.*

AUGUSTO: Pero le hemos dado la pastilla ¿no tenemos que esperar para que beba?

CAMILA: Yo tomaba esa pastilla y bebía vino, no pasa nada.

ESTEBAN: ¿No está contraindicado?

CAMILA: ¿Parece importante ahora?

ESTEBAN: Le serviré un poco.

ESTEBAN *va a la cocina por el plato de* BOBBY. NORMA *empieza a reír.*

AUGUSTO: ¿Qué es tan gracioso?

NORMA: Eso que dijo de los curas y el vino.

AUGUSTO *y* NORMA *ríen.*

NORMA: En mi pueblo el cura siempre se emborrachaba.

AUGUSTO *coge la botella. Bebe.* NORMA *agarra la otra botella de la mesa y bebe. Hacen brindis. Beben mucho más.*

NORMA: Salud.

AUGUSTO: ¿Por qué brindamos?

NORMA: Por el día del juicio final. Tenía que llegar en algún momento. Ya se estaba demorando.

Vuelven a brindar. Beben. Vuelve ESTEBAN *con el plato de* BOBBY. *Le pone vino.*

AUGUSTO: Se ha levantado.

SOFÍA: Atentos para agarrarlo por si quiere hacerse daño.

BOBBY *camina hacia su plato.*

ESTEBAN: Está bebiendo.

AUGUSTO *ríe.*

AUGUSTO: Ese es mi perro, carajo.

ESTEBAN: Quizás solo necesitábamos emborracharlo.

NORMA: Borracho como un cura.

TODOS *beben.*

CAMILA: Salud. Que el fin del mundo nos coja borrachos.

AUGUSTO: *(Mirando a* BOBBY *que sigue bebiendo.)* ¿Solo podría matarse si corre y se vuelve a estrellar con una pared?

ESTEBAN: *(Mirando todo.)* No se me ocurre otra forma.

AUGUSTO: *(Mira a* CAMILA.) ¿De qué otra forma podría matarse?

CAMILA: No soy una experta, no lo sé... (Mirando a BOBBY.) No tiene pulgares oponibles como para ahorcarse con una cuerda. Y no hay por dónde pueda saltar...

Pausa.

Sofía: ¿Pasaremos la noche aquí?
Augusto: El tiempo que sea necesario
Esteban: ¿Y las noticias?

Augusto *cambia por varios canales.*

Augusto: Nada. Ya no hay nada en ningún canal.

Pausa. Se ríen. Dejan de reír. Se miran. Vuelven a reír.

Sofía: *(Mirando a* Norma.) ¿Y si en serio eso es real? Y si el mundo
    se acaba hoy.

Camila *ríe. Toma vino de la botella.*

Sofía: ¿De verdad no vamos a salir para ver qué sucede?
Camila: Nadie… en todo el mundo… debe saber qué diablos hacer.

Todos se sientan rodeando a Augusto, *que abraza a* Bobby. Sofía *apoya su
cabeza en* Esteban. Augusto *le agarra la mano a* Norma. Camila *tiene
la botella de vino en la mano. Cada uno va bebiendo un sorbo de vino mientras
habla. No dejan de beber.*

Camila: Y pensar que hoy estaba nerviosa por conocerlos… Pensa-
    ba que lo peor que podría pasar era que derramara el refresco
    en la mesa… o algo así. Pensaba que sería un día Normal.
Sofía: Un día Normal.
Esteban: Normal.

Pausa.

AUGUSTO: ¿De qué querían hablar cuando llegaron?
NORMA: Nunca lo dijeron.
ESTEBAN: Ya no importa.
SOFÍA: *(Sonríe.)* Ya no.

En la calle se escuchan gritos y choques de automóviles. Todos ríen. Suena la canción «Felicitá» de Al Bano & Romina Power. Siguen tomando vino mientras ríen. AUGUSTO no deja de abrazar a BOBBY.

Telón.

Mañana tranquila en Atención Primaria
Rodrigo Bravo Díaz

MARÍA
CARIDAD
ROSA
DOCTOR
ESTEBAN
PACIENTE

Escenario dividido en dos partes desiguales por un tabique con una puerta. A la izquierda del tabique, un espacio que ocupa dos tercios del escenario y es la consulta del médico: un escritorio con un ordenador y un tensiómetro encima, un sillón con ruedas a un lado del escritorio, dos sillas al otro lado del escritorio, una camilla al fondo y un taburete debajo de esta. El DOCTOR, *de unos treinta años, está sentado en el sillón con ruedas y escribe en el ordenador. A la derecha del tabique, un espacio que ocupa el tercio restante del escenario y es una sala de espera con cinco sillas. Sentadas en tres sillas contiguas,*

CARIDAD, ROSA *y* MARÍA, *las tres de una edad superior a setenta y cinco años. En el lateral derecho del escenario, una puerta.*

MARÍA: ¡Vaya frío que hace! Anda que se estiran con la calefacción.

CARIDAD: Yo estoy bien.

ROSA: Normal. Siempre llevas más capas que una cebolla.

CARIDAD: ¡Anda! Pues haz tú lo mismo.

MARÍA: Y ayer, ¡el viento que hacía!… Sonaba: «Uuuuuuh».

CARIDAD: Sí, sí. Daba miedo.

ROSA: A vosotras, que lo oís. Porque yo estoy como una tapia.

CARIDAD: *(Exagerando un escalofrío.)* Ahora me da frío a mí también.

ROSA: *(Señalando su reloj de pulsera.)* ¡Ya va con retraso!

CARIDAD: Mujer, si somos las primeras.

MARÍA: *(Señalando a la puerta de la consulta.)* ¿Me asomo a ver si está dentro?

ROSA: Claro que está. ¿No ves que tiene la luz encendida? O a lo mejor se olvidaron de apagarla ayer. Como esto lo pagamos entre todos…

El DOCTOR, al escuchar las voces en la sala de espera, se levanta del sillón, resopla, extiende los brazos hacia los lados, forma un anillo con los dedos índice y pulgar de ambas manos como si meditara y cruza la consulta.

DOCTOR: *(A sí mismo.)* No hay mejor oportunidad para comprobar si la meditación sirve de algo.

El DOCTOR *abre la puerta de la consulta y se asoma a la sala de espera.*

DOCTOR: *(A* CARIDAD, ROSA *y* MARÍA.) Buenos días. No se olvidaron de apagar la luz.

CARIDAD: ¡DOCTOR! Yo sabía que nos atendería enseguida.

DOCTOR: Ya me extrañaba que no hubieseis venido, siendo miércoles.

MARÍA: Yo el viernes voy a volver.

CARIDAD: Y yo a lo mejor el martes.

MARÍA: Pero no se preocupe, que el miércoles estamos fijas.

DOCTOR: *(Leyendo en una hoja de papel, negando con la cabeza.)* ¿Caridad Martínez?

CARIDAD: ¡Aquí estoy!

DOCTOR: ¿María Salgado?

MARÍA: ¡Presente!

DOCTOR: ¿Rosa Muñoz?

ROSA: Aquí estoy, desde hace un cuarto de hora por lo menos.

CARIDAD: *(A* ROSA.) Mujer, no te quejes por tan poca cosa.

DOCTOR: *(Al público.)* Ahora verán. *(A* CARIDAD, ROSA *y* MARÍA.) Id pasando en el orden que os he llamado.

ROSA: ¡Ah, no! A mí no me va a tocar siempre la última.

DOCTOR: Como siempre venís las tres juntas, cuando volváis el miércoles que viene pide cita la primera, y asunto resuelto.

MARÍA: A mí no me importa que pasemos las tres.

DOCTOR: ¿Ya estamos con lo mismo de todas las semanas? Las tres juntas no.

ROSA: ¿Por qué?

DOCTOR: Porque me revolucionáis la consulta, igual que el miércoles pasado.

MARÍA: El miércoles pasado no sería, porque se estropeó el autobús y llegué tarde.

CARIDAD: *(A* MARÍA.) Te dije que no te mudaras tan lejos.

DOCTOR: *(A* CARIDAD, *abatido.)* Y yo que se cambiase de médico a uno que le pillase más cerca.

MARÍA: *(Al* DOCTOR.*)* ¿Por qué dices que el miércoles pasado te revolucionaron la consulta?

DOCTOR: Porque Caridad trajo a una amiga suya que ocupó tu puesto.

MARÍA: Vaya, y me lo perdí. *(A* CARIDAD.*)* ¿Por qué no te traes otra vez a esa amiga?

CARIDAD: Os digo que tendríamos que pedir cita a última hora de la mañana, en vez de a primera.

ROSA: No, porque no me da tiempo a hacer la comida. Además, llegaríamos tarde al mercado y nos quitan el mejor género.

DOCTOR: Sí, sí. Mejor a primera hora. No lo dejemos para el final de la mañana.

MARÍA: ¿Por qué? ¿A usted qué más le da?

DOCTOR: Porque a primera hora tengo la meditación más fresca.

ROSA: *(Extrañada.)* ¿El qué? *(A* CARIDAD *y* MARÍA.*)* ¿Qué dice?

CARIDAD: ¿Qué le cuesta que pasemos las tres, DOCTOR? Yo le doy mi palabra de que esta vez me voy a comportar.

DOCTOR: No puedo con vosotras. Anda, pasad las tres. Pero si tengo que explorar a alguna, las otras dos se salen.

ROSA, MARÍA *y* CARIDAD *entran en la consulta y se abalanzan sobre las dos sillas que hay junto al escritorio. El* DOCTOR *cierra la puerta.*

ROSA: A mí no me puede tocar el taburete, que estoy mal de las lumbares y de las cervicales.

MARÍA: A mí ya me tocó la última vez.

CARIDAD, ROSA *y* MARÍA *forcejean.* ROSA *y* MARÍA *se sientan en las dos sillas, y* CARIDAD *acerca el taburete que hay debajo de la camilla al fondo de la consulta para sentarse en él.*

CARIDAD: *(Sacando una bolsita de su bolso.)* DOCTOR, le he traído unos caramelos de malvavisco.

ROSA: ¿Esos no son los que estaban de oferta en el mercado la semana pasada?

MARÍA: ¿La semana pasada? Querrás decir hace seis meses.

CARIDAD: No seáis embusteras. Estos son los que tomaba mi madre, que vivió ciento tres años.

DOCTOR: *(Cogiendo la bolsita de manos de* CARIDAD.*)* Gracias. No hacía falta.

MARÍA: *(Al* DOCTOR.*)* Bueno, voy yo la primera.

DOCTOR: Está bien, la que sea. Cuéntame.

MARÍA: Que no duermo.

DOCTOR: ¿Te estás tomando lo que te dije?

MARÍA: Pues claro. Me estoy tomando lo nuevo que me recetaste, la amitriptilina. Pero a veces digo: «Hoy me voy a tomar un lorazepam en vez de lo nuevo».

DOCTOR: A ver, María. Te he explicado que la amitriptilina funciona a medio plazo. No puedes mezclar medicación según te apetezca.

MARÍA: *(Guiñando un ojo al público.)* Es que se me olvida.

ROSA: *(A* MARÍA.*)* Aligera, que en nada abre el mercado.

DOCTOR: *(A* MARÍA.*)* Vamos a seguir otra semana con la amitriptilina, a ver si te hace efecto. Pero te la tienes que tomar todas las noches. Y no tomes más lorazepam.

MARÍA: No, no. Si yo para dormir no tomo lorazepam... ¿Y si tomase melatonina?

DOCTOR: Ya lo tomaste y no te hizo nada. Pero bueno, si quieres, puedes tomarlo también.

MARÍA: Aunque lo tome todos los días, ¿no pasa nada?

DOCTOR: No. Como te he explicado en las últimas cinco consultas, no pasa nada.

MARÍA: *(A* ROSA, *apremiante.)* Venga, agonías, que yo ya estoy aviada.

ROSA: *(Al* DOCTOR.) A mí me siguen doliendo las rodillas.

CARIDAD: *(A* ROSA.) Espera un momento, mujer, que al pobre no le dejáis tiempo para escribir las cosas en el ordenador.

El DOCTOR *teclea rápidamente sobre el teclado del ordenador.*

DOCTOR: Enseguida estoy.

ROSA: Descuida, no tenemos prisa. Total, ya llegamos tarde al mercado.

CARIDAD: ¡Cómo eres, Rosa!, ¡cómo eres!

DOCTOR: Un poco de paciencia, por favor.

ROSA: Es verdad, perdóname.

DOCTOR: A ver, Rosa. Hoy tenías los resultados de los análisis… *(Buscando en la pantalla del ordenador.)* ¡Anda! Si no te los has hecho.

ROSA: *(Con tono de indiferencia.)* Que se me olvida, se me olvida…

DOCTOR: *(Con tono de preocupación.)* Esto no puede ser. Se te llevan olvidando tres semanas. Me preocupa que tu memoria no esté funcionando correctamente. Voy a pedir a enfermería que te pase un test de memoria, ¿de acuerdo?

ROSA: ¡Que yo de memoria estoy perfectamente! Ya sabes que tengo miedo a las agujas, y la última vez que me mandaste un análisis me clavaron un rejón para sacarme sangre. No me hago más análisis. De orina, todos los que quieras, pero de sangre, ¡ni uno más! Además, si a mí lo que me duelen son las rodillas. Las ro-di-llas. ¿Qué tendrá eso que ver con la sangre?

CARIDAD: *(A ROSA.)* ¡Habrase visto! No te pongas así, que el DOCTOR solo piensa en ayudarte.

ROSA: *(A CARIDAD.)* Estás hoy de un pesado que no hay quien te aguante. No puedo decir nada sin que me rechistes.

DOCTOR: A ver, por favor. Rosa, es importante que te hagas los análisis. Aunque te duelan las rodillas, en el cuerpo todo está relacionado y hay que asegurarse de que no tengas nada en otro sitio que te esté haciendo mal ahí. ¿De acuerdo?

ROSA: Bueno, vale. Que sí, que la próxima vez me los hago. *(Al público.)* Tururú.

DOCTOR: Te voy a dar un volante nuevo.

ROSA: Pero que me pinche una persona distinta a la de la última vez.

MARÍA: *(A ROSA.)* ¿Quién te pinchó?

ROSA: Una que era muy borde. Y muy vieja. Era vieja, vieja. Se caía a cachos de lo vieja que era. Fíjate si era vieja, que soy yo vieja y parecía joven al lado de ella.

DOCTOR: Ya está bien, Rosa. Una cosa es que te den miedo las agujas y otra que faltes al respeto a las personas que trabajamos aquí. Ya vale, por favor.

ROSA: Perdóname. Si, mirándola bien, no era tan vieja… Lo que no me gustan son las agujas. Cuando veo que sacan el pincho del plástico, me entra un repelús en el cuerpo que me muero.

DOCTOR: *(En tono conciliador.)* A ver, cuéntame sobre esas rodillas. ¿Te estás tomando la medicación que te receté?

ROSA: *(Como si fuese lo más obvio del mundo.)* Claro.

DOCTOR: Vamos a ir repasando las pastillas que tomas para el dolor. Por la mañana, ¿qué tomas?

ROSA: *(Dándose aires de sabionda.)* Un paracetamol cuando me levanto y un metamizol a media mañana.

MARÍA: *(Burlándose de* ROSA.*)* ¿Esa birria tomas? Ja, ja. El metamizol, el paracetamol, el tramadol… ¡Todo me lo conozco! *(Al* DOCTOR.*)* Y, si hay alguno nuevo, mándamelo, que me lo tomo corriendo. Soy como un conejo de indias de los laboratorios.

ROSA: *(Molesta, a* MARÍA.*)* ¿Te quieres callar?

CARIDAD: *(A* MARÍA.*)* Eso, que no dejas avanzar al DOCTOR, y yo tengo una cosa muy importante que contarle.

MARÍA: *(Restando importancia al asunto.)* Tampoco es para que os pongáis así.

ROSA: En realidad, DOCTOR, yo no venía hoy por las rodillas.

DOCTOR: Me vais a volver loco.

MARÍA: *(Señalando a* ROSA.*)* Esta, que no tiene las ideas claras.

CARIDAD: Yo tampoco, ¿estaré perdiendo la cabeza?

ROSA: *(Al* DOCTOR.*)* Hoy he venido porque anoche devolví.

CARIDAD: *(Al* DOCTOR.*)* ¿Usted cree que estoy perdiendo la cabeza? A lo mejor me vendría bien que me pasase a mí también un test de esos de memoria que ha comentado.

DOCTOR: Caridad, por favor, espera a tu turno. Y no, no creo que estés teniendo problemas de memoria.

MARÍA: ¡Vaya un médico!: *(Señalando a* CARIDAD.*)* Que no está mal de memoria, dice. ¡Si esta está a por uvas desde los tiempos de Carrolo!

CARIDAD: *(A* MARÍA.*)* ¡Embustera! Lo que pasa es que tienes envidia.

DOCTOR y ROSA: *(A* MARÍA *y* CARIDAD.*)* ¿Os podéis callar?

DOCTOR: Ya está, se acabó. Es la última vez que pasáis juntas. Siempre me hacéis lo mismo.

CARIDAD *abre la boca para responder al* DOCTOR, *pero* ROSA *se le adelanta.*

ROSA: *(En tono cortante, mirando a* CARIDAD *y dirigiéndose al* DOCTOR.*)* Como iba diciendo, yo he venido porque anoche devolví.

DOCTOR: *(Haciendo acopio de paciencia.)* ¿Cuántas veces vomitaste?

ROSA: Una o dos.

DOCTOR: ¿Has tenido ardores estos días?

ROSA: Sí, sí. De vez en cuando.

MARÍA: Doctor, si lo que le pasa a Rosa es que se cenó un plato de callos.

ROSA: *(Fingiendo sorpresa e indignación.)* ¿Yo?

CARIDAD: *(Al* DOCTOR.) Y no solo eso. Después de ese plato, se cenó otro.

El DOCTOR *mira con cara de incredulidad a* ROSA, MARÍA *y* CARIDAD, *alternando la mirada de una a otra.*

DOCTOR: No doy crédito.

ROSA: *(Visiblemente enfadada.)* Yo sí que no doy crédito. ¡Vaya amigas!

MARÍA: *(Con indiferencia.)* Mujer, es por tu salud.

DOCTOR: *(Molesto.)* ¿Pero qué es esto? ROSA, ¿por qué me cuentas estas películas como si estuvieras enferma?

ROSA: *(Fingiendo arrepentimiento.)* Perdóname. Es que yo no quería mentirle. Llevaba mucho tiempo sin devolver y no sabía qué hacer para acordarme de cómo se sienten las tripas.

DOCTOR: No me lo puedo creer. ¿Y por qué querías vomitar?

ROSA: *(Pausa. Mira a* CARIDAD *y* MARÍA, *muy seria. Después se gira hacia el* DOCTOR.) Verás, es que mi hijo tiene que tomar el protector de estómago y yo ya no lo tengo en la receta, así que no se lo puedo dar.

DOCTOR: Si tu hijo lo tiene que tomar, lo tendrá él en su receta.

ROSA: Sí, pero a mí me sale gratis y él tiene que pagar, que hay que decirlo todo.

El DOCTOR *se lleva las manos al rostro, los codos apoyados sobre el escritorio, en silencio.*

CARIDAD: ¿Me toca a mí ya?

DOCTOR: *(Tras una pausa.)* Sí.

CARIDAD: Yo venía a pedirle… Ay, es que me da no sé qué.

DOCTOR: Dime, si ya estoy curado de espanto.

CARIDAD: DOCTOR, sea usted bueno conmigo y quíteme la pastilla rosa.

DOCTOR: No te la puedo quitar, Caridad. Aunque te haga ir más veces al baño, te hace bien.

CARIDAD: Si yo creía que usted me quería un poco, y que me iba a quitar la pastilla rosa. Me quita la vida.

DOCTOR: *(En tono consolador.)* Venga, anda, no seas exagerada.

CARIDAD: Es que estoy sensible.

DOCTOR: *(Al público.)* Con estas amigas, como para no estarlo. (A CARIDAD.) ¿Qué te pasa?

CARIDAD: Mi nieto. A ver qué te parece esto que te voy a contar. *(Mirando a MARÍA y ROSA.)* Y vosotras estaos calladas, que ya os lo he contado. A ver si le vais a destripar el final. *(Volviendo a mirar al DOCTOR.)* Ya te he explicado otras veces que he estado muy preocupada porque mi nieto no hablaba. Como vive tan lejos, yo no le puedo enseñar. El caso es que yo todos los días insistía a mi hijo: «Llévalo al pediatra, llévalo al pediatra». Y no me hacían caso. A mi nuera no le digo nada porque no me hace ni caso nunca. Pero bueno, eso es otro asunto. El caso es que por fin llevaron al niño al médico, y nada, no salió nada. No le veían nada extraño. Hasta que el otro día llega una enfermera y le dice a mi hijo: *(Hace una pausa para ahogar un sollozo. MARÍA le palmea en la espalda de forma afectuosa.)* «Tu hijo sí que sabe hablar; sabe hablar… ¡rumano!». El niño tiene una niñera rumana y pasa más tiempo con ella que con sus padres, y claro, ha aprendido a hablar rumano antes que castellano. ¿Qué te parece?

DOCTOR: *(Con cara de perplejidad.)* No sé.

CARIDAD: Es que, claro, con el futuro que le espera a ese niño, ya debería hablar castellano. Más aún si saca los genes de la familia, porque mi madre vivió ciento tres años... Estoy muy preocupada. Me despierto por las noches soñando que el niño habla chino, árabe, francés; todos los idiomas, menos el castellano.

DOCTOR: ¿Qué edad tiene el niño?

CARIDAD: Dos años y tres meses.

DOCTOR: No te preocupes, no tardará en hablar en castellano. Y, si os quedáis más tranquilos, podéis pedir cita con su pediatra y que os aconseje.

CARIDAD: ¿No le podría ver usted?

DOCTOR: Hombre, si fuese una urgencia... Pero para esas cosas no estoy cualificado.

ESTEBAN, *un señor de edad similar a* CARIDAD, ROSA *y* MARÍA, *entra al escenario por la derecha, cruza la sala de espera, se aproxima al tabique hasta posar su oreja sobre la puerta y escucha.*

ESTEBAN: *(Al público.)* ¿Hay alguien dentro? Me ha parecido escuchar voces.

CARIDAD: *(Al* DOCTOR, *fingiendo el llanto.)* Yo tenía esperanzas de que usted me ayudara.

ESTEBAN: *(Al público, con cara de susto y despegando la oreja de la puerta.)* No puede ser. Ella no. Y seguramente esté con las otras dos.

ROSA: *(A* CARIDAD.*)* ¿Pero qué va a hacer el DOCTOR?

ESTEBAN: *(Al público.)* Ahí está una.

MARÍA: *(A* CARIDAD.*)* Eso. ¿Qué quieres que haga el pobre hombre?

ESTEBAN: *(Al público.)* Y ahí la otra. Ya no tiene remedio. Si no entro ahora, llegaré tarde a lo otro. O, lo que es peor, tendré que pedir cita y me darán para dentro de tres semanas. Allá voy.

ESTEBAN *golpea tres veces la puerta con los nudillos, abre sin esperar respuesta, entra en la consulta y cierra la puerta tras de sí.* ROSA, MARÍA, CARIDAD *y el* DOCTOR *giran la cabeza hacia* ESTEBAN, *entre asustados y sorprendidos.*

CARIDAD: *(A* ESTEBAN.*)* ¿Se puede saber qué haces aquí?

DOCTOR: ¡Hombre! El que faltaba.

ROSA: *(A* ESTEBAN.*)* ¡Aquí ya no cabemos más!

MARÍA: Dejadle pasar que, donde caben cuatro, ¡caben cinco!

ESTEBAN: *(A* MARÍA, *sacando un cigarro de su bolsillo.)* Échate un cigarrito, que te invito.

DOCTOR: *(Poniéndose de pie.)* Venga, todos fuera. El colmo sería que os pusierais a fumar en la consulta.

ESTEBAN: Es una broma, DOCTOR. Ya me conoce. *(A* MARÍA.*)* Cógelo y nos lo ventilamos fuera.

MARÍA *se abalanza sobre el cigarro y se lo guarda en el bolso.*

CARIDAD: *(A* ESTEBAN, *poniéndose en pie y golpeándolo en el brazo.)* ¡Que me contestes! ¿Se puede saber qué haces aquí? Me habías dicho que ibas a un torneo de petanca.

ESTEBAN: Y tú a mí que ibas al mercado.

CARIDAD: Es que ahora vamos a ir al mercado.

ESTEBAN: Toma, y yo a la petanca.

MARÍA: Pero nos dará tiempo a fumarnos el cigarro, ¿no?

ESTEBAN: Sí, sí. Por supuesto.

DOCTOR: ESTEBAN, ¿me puedes decir qué haces aquí?

ESTEBAN: Claro que sí. En cuanto salgan estas tres, te lo cuento.

ROSA: ¡Hasta ahí podíamos llegar! Nosotras estábamos primero.

ESTEBAN: Señora, que no pueden consumir el tiempo de consulta de la mitad del municipio. Llevo esperando media hora y no paraba usted de hablar, que se la oye hasta en América.

ROSA: ¡Uy! Qué mentiroso.

CARIDAD: *(A* ESTEBAN.*)* Ya verás cuando lleguemos a casa. ¡Contenta me tienes!

ESTEBAN: *(Al* DOCTOR.) Me tiene amenazado.

DOCTOR: A ver, vosotras tres. ¿Habéis terminado ya?

MARÍA: Sí.

ROSA: Yo no.

CARIDAD: *(A* ESTEBAN.) Y tú, ¿a qué vienes? Si esta mañana me has dicho que te encontrabas bien.

ESTEBAN: ¿Uno no puede tener secretos o qué?

CARIDAD: *(Al* DOCTOR, *señalando a* ESTEBAN.) ¿Cómo voy a estar sana, si le llevo aguantando cuarenta y siete años?

CARIDAD: Venga, todas fuera. Ahora le toca a ESTEBAN.

ROSA: Yo no me voy, que no había terminado.

ESTEBAN: *(Al* DOCTOR, *señalando a* ROSA.) Por mí se puede quedar. Total, está como una tapia.

CARIDAD: Si Rosa se queda, nosotras también. Es mi marido y tengo derecho a saber lo que le pasa.

DOCTOR: *(Tomándoselo a broma.)* Esteban, ¿qué hacemos?

ESTEBAN: Se pueden quedar.: *(A* ROSA, *recalcando cada sílaba.)* Pero que no me interrumpan.

MARÍA: *(Poniéndose de pie.)* Yo me salgo a la sala de espera. Esteban, tú quédate esta silla.

ESTEBAN: Muchas gracias.

CARIDAD: ¡Oye! ¿Por qué os lleváis tan bien vosotros dos de repente?

María *abre la puerta de la consulta, sale a la sala de espera y cierra la puerta tras de sí. Se sienta en una silla de la sala de espera, saca el cigarro del bolso y lo contempla fijamente haciéndolo girar entre sus dedos. En la consulta,* Esteban *se sienta lentamente en la silla que había ocupado* María, *y* Caridad *vuelve a tomar asiento en el taburete.*

Esteban: *(Nada más sentarse, con gravedad.)* Buenos días.
Doctor: Buenos días.
Caridad: Buenos días.

Pausa.

María: *(En la sala de espera.)* Buenos días.
Doctor: Ya es suficiente.
Rosa: ¡Buenos días!
Doctor: Tú dirás, Esteban. ¿No habrás tenido algún infarto?
Esteban: ¿Parto, yo? ¡Qué más quisiera! Me habría hecho millonario.
Doctor: ¡Infarto!
Esteban: *(Después de guiñar un ojo a* Caridad.*)* Ah, no, no. Lo que me pasa es que tengo un problema.
Doctor: ¿Qué problema?
Caridad: *(A* Esteban, *agarrándolo de un brazo.)* ¿No se te habrá abierto la almorrana?
Esteban: *(A* Caridad.*)* Sin tocar, por favor. ¡Qué manía con la manita!
Doctor: *(Como si reprendiese a un niño.)* A ver, centrémonos. ¿Qué problema tienes?
Esteban: Pues, verás. Me trago sistemáticamente la goma adhesiva de la dentadura postiza. Sin quererlo, claro está. Y, con la cantidad de pastillas que tomo a diario, me preocupa la composición de la goma adhesiva por si interacciona con los medicamentos.

DOCTOR: ¿Desde hace cuánto tiempo te pones la goma adhesiva?

ESTEBAN: Tres años.

CARIDAD: Cuatro.

ESTEBAN: Tres y medio.

ROSA: Por lo menos cinco. *(Al* DOCTOR.) De tanto fumar, tiene la boca hecha un asco desde hace diez años.

ESTEBAN: *(A* ROSA.) ¿Usted qué sabe?

ROSA: *(Al* DOCTOR, *señalando a* ESTEBAN.) No me puede ni ver porque de jóvenes fuimos novios y le dejé por uno más alto.

ESTEBAN: Y más gordo.

ROSA: Y más listo.

ESTEBAN: Sí, sobre todo listo.

ROSA: ¡Oye!

DOCTOR: ¡Ya vale!

CARIDAD: Ponga orden, DOCTOR. Ponga orden.

DOCTOR: Vamos a ver, ESTEBAN. Si llevas tres o cuatro años poniéndote la goma adhesiva…

ESTEBAN: *(Interrumpiendo al* DOCTOR.) Tres.

DOCTOR: *(Exasperado.)* Vale, tres. Si llevas tres años poniéndote la goma adhesiva y no te has notado nada, no te preocupes.

ESTEBAN: Es que antes me la tragaba menos.

DOCTOR: ¿Has tenido diarrea o estreñimiento?

ESTEBAN: No, no. Estreñimiento no.

DOCTOR: *(Después de una pausa.)* ¿Y diarrea?

ESTEBAN: Tampoco.

DOCTOR: Entonces no te preocupes.

En la sala de espera, MARÍA *mira a un lado y a otro, saca un mechero del bolso y enciende el cigarro. Da tres caladas rápidas, apaga el cigarro en el suelo y hace aspavientos con los brazos para dispersar el humo.*

CARIDAD: *(Al* DOCTOR.*)* ¡Ah! Iba a pedir cita la semana que viene para que viniese mi marido conmigo, pero aprovecho que está aquí para comentarle una cosa de los dos.

ROSA: *(A* CARIDAD.*)* Muy bonito, pidiendo cita con el médico a nuestras espaldas.

DOCTOR: *(A* CARIDAD.*)* ¿Qué cosa me quieres comentar?

CARIDAD: Es que mi marido y yo vamos a hacer testamento.

ESTEBAN: Y dale con el testamento.

CARIDAD: ¡Pero si todo el mundo lo tiene hecho menos nosotros!

ESTEBAN: ¿Y qué? A mí no me gusta hablar de la muerte. Yo me salgo.

CARIDAD: ¡Tú te quedas!

DOCTOR: Pero ¿qué tengo yo que ver con el testamento?

CARIDAD: Mi hija nos ha dicho que le pidamos si nos puede hacer un certificado de que estamos bien de la cabeza.

ESTEBAN: *(Al* DOCTOR.*)* Te advierto de que yo voy borracho todos los días.

DOCTOR: ¿Cómo?

CARIDAD: *(Al* DOCTOR.*)* No le haga caso, que se refiere al mareo. Ya le conoce.

DOCTOR: Ah, bueno.

CARIDAD: Yo, la verdad, no tengo prisa por hacer testamento. Ya sabéis que mi madre vivió ciento tres años y tengo la esperanza de igualarla o superarla en edad. Pero mi hija, la pobre, está muy preocupada con este asunto y me insiste a diario en que lo hagamos.

DOCTOR: No te preocupes, que os hago el certificado.

ESTEBAN: Déjelo para otro día, doctor. Además, yo no sé si estoy mentalmente capacitado.

ROSA: Todo lo que sube, baja.

ESTEBAN: Pues el mono ese que mandaron para arriba los america-
nos no ha bajado.

ROSA: *(A* CARIDAD.*)* ¿Cómo le aguantas?

ESTEBAN: *(A* ROSA.*)* A mí, por lo menos, se me puede aguantar. A
ti, en cambio, fíjate. ¿Cuántos años lleva enterrado tu marido?

ROSA: Vete a la mierda.: *(Al* DOCTOR.*)* Oye, ¿no me vas a mirar la
tensión?

DOCTOR: Casi mejor que no. Te va a salir alta seguro.

ROSA: *(Señalando a* ESTEBAN.*)* Míramela, míramela, que si me da un
arrechuche le puedo denunciar por lo que me ha dicho.

DOCTOR: Hacemos un trato. Te miro la tensión, y os vais todos.

CARIDAD: ¿Y el certificado para el testamento?

ESTEBAN: Eso para otro día.

DOCTOR: *(A* CARIDAD.*)* Pide cita para la semana que viene y te lo
doy, que ahora se me estará acumulando gente en la sala de
espera.

Un PACIENTE *entra por la derecha a la sala de espera y se sienta dos sillas más
allá de* MARÍA.

MARÍA: *(Al* PACIENTE.*)* Hola. ¿Tiene cita a las diez y media?

PACIENTE: Sí.

MARÍA: Va con retraso. Ha tenido una urgencia importante en un
domicilio. Hasta las once y media, nada.

PACIENTE: Pero la luz está encendida.

MARÍA: Con las prisas, se la habrá dejado encendida.

PACIENTE: ¿Y esas voces que se escuchan dentro de la consulta?

MARÍA: ¿Qué voces? Yo no escucho nada. ¿Está usted bien? Igual
debería ir a urgencias, pero al hospital.

PACIENTE: Buenos días.

El PACIENTE *se levanta y sale de la sala de espera por la derecha. El* DOCTOR *se levanta y coloca el tensiómetro que hay sobre el escritorio en torno al brazo derecho de* ROSA.

ESTEBAN: Bueno, yo me voy ya.

ROSA: Eso, vete.

DOCTOR: Rosa, ahora no hables.

ROSA: *(Al* DOCTOR.) ¡Anda! ¿A ti qué más te da?

DOCTOR: Te estoy midiendo la tensión. Si hablas, te sale más alta. Ya está, la tienes bien. Hala, cada uno a su casa.

ROSA: *(Levantándose a toda prisa.)* ¡No, no! Nosotras nos vamos corriendo al mercado.

ESTEBAN: *(Con socarronería.)* Y yo a la petanca, no te digo…

MARÍA *se pone de pie en la sala de espera, se dirige hacia la puerta de la consulta, la abre y asoma la cabeza.*

MARÍA: ¿Cuánto tardáis? Me estoy aburriendo.

ROSA: Ya vamos, ya vamos.

CARIDAD: *(A* ESTEBAN, *caminando hacia la puerta.)* Que sepas que no me creo que hayas venido por lo de la dentadura. Ahora me tienes que contar a qué habías venido.

MARÍA: *(A* ESTEBAN.) ¡Te queda poco de aguantar, como viva ciento tres años como su madre!

ROSA: *(Señalando al* DOCTOR.) Anda que a este señor…

DOCTOR: Y que lo digas… ¿No hay nadie esperando fuera?

CARIDAD: *(Extendiendo el cuello para ver mejor la sala de espera.)* No, ¡qué raro!

DOCTOR: *(Buscando algo en la pantalla del ordenador.)* Sí, ¡qué raro!

MARÍA: *(Con indiferencia.)* Los misterios del día a día. (Al DOCTOR.) Si quieres nos quedamos otro ratito.

ESTEBAN: Vámonos, que vamos a conseguir que se cambie de centro de salud.

DOCTOR: ¡Hasta otro día!

ROSA: *(Dándose la vuelta.)* ¡Ah! Se me ha olvidado una cosa.

MARÍA, ESTEBAN *y* CARIDAD *salen de la consulta y esperan a* ROSA *en la sala de espera.*

DOCTOR: Tú dirás.

ROSA: *(Bajando el tono de voz.)* No, si es para que no me oigan esos. ¿No me podría recetar usted el protector de estómago para mi hijo, ahora que no nos oye nadie?

DOCTOR: *(Señalando a la puerta.)* ¡Anda, anda!

ROSA *se dirige hacia la puerta y se da la vuelta al llegar a la sala de espera.*

ROSA: *(Al* DOCTOR.*)* ¿Dejo abierto o cerrado?

DOCTOR: Abierto, por favor.

ROSA *agarra el pomo de la puerta y la cierra dando un portazo.* MARÍA, ESTEBAN, CARIDAD *y* ROSA *cruzan la sala de espera mientras discuten con palabras ininteligibles y salen del escenario por la derecha.*

Telón

La tregua
Arturo Wong Sagel

Un cubículo de una oficina pública. Hay un letrero que dice: TRÁMITES F.
Una mujer llamada RITA *llega a sacar su NIE. La recibe un* FUNCIONARIO
que parece sacado de una película de Tim Burton. El FUNCIONARIO *está*
viendo una película por el celular.

RITA: Buenas,
FUNCIONARIO: No se puede.
RITA: ¿Qué cosa?
FUNCIONARIO: Que no se puede.
RITA: Pero si todavía no le he dicho…
FUNCIONARIO: Le falta un documento.
RITA: ¿Cómo lo sabe? Si ni siquiera se los he mostrado.
FUNCIONARIO: ¿Me está usted faltando el respeto?
RITA: No, no, para nada.
FUNCIONARIO: Entonces, ¿por qué pone en duda mis palabras?

RITA: No, no era mi intención.
FUNCIONARIO: Pues, ya le he dicho que no se puede.
RITA: Mire, ¿cuál es su nombre?

Pausa.

FUNCIONARIO: Héctor.
RITA: Mire señor Héctor, he venido desde muy lejos para este trámite…
FUNCIONARIO: ¡Está incompleto!
RITA: Si usted me permitiera mostrarle todos mis documentos, se
    daría cuenta de que tengo todo, he seguido al pie de la letra lo
    que decía en la página web.
FUNCIONARIO: ¿Ya realizó el trámite E?
RITA: ¿Cuál?
FUNCIONARIO: El trámite E.
RITA: Yo hice el trámite de…
FUNCIONARIO: Ah, ya sabía yo, hizo el D, pero no el E. Y esta oficina
    es para el trámite F. Me temo que va a tener que volver otro día;
    recuerde sacar su cita antes.
RITA: No, no, espere, ese trámite ya lo hice, aquí lo tengo.

El FUNCIONARIO *hace una pausa y la mira un poco molesto. Le suena el*
celular. Lo mira y manda un mensaje de voz.

FUNCIONARIO: Cariño, tengo que trabajar, ahorita te llamo. *(Pausa.)*
    ¿Trajo la foto?
RITA: Sí, aquí está.
FUNCIONARIO: ¿Esta eres tú?
RITA: Sí, soy yo, solo que no me había cortado el cabello.
FUNCIONARIO: Mmm, se recomienda que la foto sea del presente.

RITA: Pero si me la tomé la semana pasada. Solo me corté las puntas y mi cabello crece muy rápido. De aquí a cuando tenga que venir a retirar el documento estaré como en la foto.

FUNCIONARIO: Mmm, está bien. ¿Trajo el empadronamiento?

RITA: Ahí, detrás de la segunda hoja.

El FUNCIONARIO *ojea las páginas.*

FUNCIONARIO: ¿A qué se dedica?

RITA: Soy dramaturga.

FUNCIONARIO: Ay, qué bonito. ¿Le gusta el teatro, entonces?

RITA: Sí, mucho. Es mi pasión.

FUNCIONARIO: ¿Y le va bien?

RITA: Sobrevivo.

Pausa.

FUNCIONARIO: A mí también.

RITA: ¿También sobrevive?

FUNCIONARIO: Que a mí también me fascina el teatro.

RITA: Ah, ¿de verdad? ¡Qué bueno! No suelo encontrarme con muchas personas que les guste. Pero yo lo encuentro un arte fascinante. Creo que si el público supiera las propiedades regenerativas y psicoterápicas que tiene el teatro, las salas siempre estarían llenas.

Pausa.

FUNCIONARIO: Supongo que sí. ¿La carta de titularidad?

RITA: Ah, aquí está. Tengo dos, una con mi pasaporte y la otra con el NIE. Por si acaso.

Funcionario: Precavida.

Rita: Dramaturga.

El Funcionario *escribe en una hoja y la mira por encima de los lentes.*

Funcionario: Si esta fuera una obra sabes cómo le pondríamos.

Rita: Ehhh, ¿Trámites?

Funcionario: No, Esperando a Héctor, porque todos esos me están esperando a mí. *(Se ríe.)*

Rita: Y yo sería Estragón.

Funcionario: Más bien Lucky. *(Pausa.)* ¿Lucky? ¿Suertuda? *(Se ríe.* Rita *luce incómoda, pero sonríe.)* Pulgar derecho... Ahora el izquierdo. Apriete fuerte. ¡Fuerte! ¡Más fuerte! Es que a veces la máquina no funciona. Ya está. Ya está, no presione más.

Rita: Menos mal.

Funcionario: Ahora necesito una firma aquí, exactamente igual a como firmaste en el documento. (Rita *firma.)* No, hay una pequeña diferencia en el rabo de la A. Vuelve a firmar. (Rita *firma.)* No, si miras bien, la R tiene como la pancita más invertida. Dale de nuevo. (Rita *firma.)* No. Fíjate bien, cómo aquí no dejas ningún espacio entre la T y la A. (Rita *firma.)* No, concéntrate, por favor. (Rita *firma.)* No. (Rita *firma.)* A ver... tampoco (Rita *firma.)* ¡NO! (Rita *firma.)* Hay algo distinto... (Rita *firma.)* Esta, tal vez... (Rita *firma, firma y firma. Firma a lo largo de la mesa, de forma compulsiva y eufórica como si fuera Chaplin en Tiempos modernos, se para sobre la mesa y las luces cambian drásticamente. Entra un sonido que evoca el pasado.)*

Rita: Mi familia emigró a Misiones durante la segunda guerra por causas obvias. ¡Bereslawsky! Primero mi abuela con mi madre de pequeña y al año mi abuelo lo intentó pero no pudo llegar.

En Misiones no nos fue bien y tuvimos que mudarnos a Buenos Aires. Durante toda mi infancia, mi madre cambió de pareja y nos mudamos de piso alrededor de unas veinte veces. Toda mi vida siempre he tenido la sensación de caminar sobre un suelo de arenas movedizas.

Las luces cambian otra vez.

FUNCIONARIO: ¡Amén! Ahora sí. Ya está.

RITA: Qué bueno, en cuánto lo hice.

FUNCIONARIO: Tardaste 48 minutos, solamente. Has sido Lucky. ¡Tenemos nuevo récord!

Suena una campana. De una caja, el FUNCIONARIO *saca una medalla y se la pone al cuello de* RITA, *flashes de cámara.*

RITA: Quiero agradecer, más que nada, a mi mamá… ¿Ya me puedo ir?

FUNCIONARIO: No, falta que me facilites algunos datos. ¿Casada?

RITA: Soltera.

FUNCIONARIO: ¿Está en pareja ahora mismo?

RITA: Difícil de explicar.

FUNCIONARIO: Edad.

RITA: Ahí lo puse en el formulario.

FUNCIONARIO: ¿Sufre de alguna alergia?

RITA: Ehh, no creo.

FUNCIONARIO: ¿Asma?

RITA: Tampoco.

FUNCIONARIO: ¿Sangre?

RITA: Roja.

FUNCIONARIO: ¿Prefiere la comida china o la peruana?

RITA: ¿No es lo mismo?

FUNCIONARIO: ¿Playa o montaña?

RITA: Montaña, por supuesto.

FUNCIONARIO: ¿Reguetón o bachata?

RITA: ¿No es lo mismo?

FUNCIONARIO: ¿Frío o calor?

RITA: Me da igual.

FUNCIONARIO: ¡SEA ESPECÍFICA!

RITA: Frío. Frío.

FUNCIONARIO: ¿Pinter o Miller?

RITA: Miller era un misógino.

Pausa.

FUNCIONARIO: ¿Qué dijo?

RITA: Eso, que prefiero las obras de Pinter porque Miller era un abusador. Pero si me dan a elegir prefiero mil veces a Griselda Gambaro.

FUNCIONARIO: ¿A esa roja? No, no, no...

RITA: ¿No qué? En qué afecta esta pregunta al trámite.

FUNCIONARIO: Una respuesta incorrecta la puede regresar al trámite A. ¿Usted sabe lo que eso significaría?

RITA: Sí, ya lo viví mil veces, pero sigo sin entender qué tienen que ver estas preguntas con mi trámite.

Las luces cambian.

FUNCIONARIO: Siempre fui tímido con las mujeres. Siempre que me gustaba una chica terminaba tomando la decisión más estúpida para que se alejara de mí. De adolescente me enamoré perdidamente de una muchacha. Se sentaba delante de mí. Yo me moría por hablarle, pero no me animaba. Un día me di cuenta de que ella estaba leyendo un libro que a mí me gustaba mucho: *La tregua*, de Benedetti. Así que un día, me armé de valor y me le acerqué para decirle: «Tengo la horrible sensación que el tiempo pasa y no hago nada y nada acontece y nada me conmueve hasta la raíz». Ella me miró, puso su mano en mi rostro y me dijo en un tono burlón: «¿Sabes lo que te pasa? ¡Que no vas a ninguna parte!». Sus palabras venían envueltas con su aliento a caramelo. Después se echó a reír y me tiró hacia atrás y yo tropecé con las bandejas de comidas de una mesa. Todos se burlaron de mí ese día. Desde entonces, no he podido leer a Benedetti.

RITA: ¿Señor?

FUNCIONARIO: ¿Sí?

RITA: No me ha contestado.

FUNCIONARIO: ¿Qué?

RITA: ¿Qué tiene que ver eso con mi trámite?

FUNCIONARIO: Lo siento, no ha contestado correctamente y tendrás que volver a empezar. Regrese otro día.

RITA: ¿Cómo? ¡Quiero hablar con tu superior!

FUNCIONARIO: No está ahora mismo.

RITA: Esto es una locura.

FUNCIONARIO: Lo siento, yo no pongo las reglas.

RITA: ¿Me rechazas un trámite porque no me gusta Pinter? Pero ¿en qué país estamos?

FUNCIONARIO: En un país serio, aquí las cosas importan, no es como el tercer mundo ese de donde vienes.

RITA: ¡Claro! ¡Porque este sí es el puto primer mundo!

FUNCIONARIO: Por eso viniste.

Pausa.

RITA: Mire, Héctor, no tengo por qué darle mis razones. (RITA *saca un caramelo de su envoltorio y como un tranquilizante se lo mete en la boca. El* FUNCIONARIO *la observa detenidamente.)* ¿Cree que podemos empezar de vuelta?

FUNCIONARIO: No, no, no se puede echar para atrás. Es como la vida. ¿Acaso crees que puedes vivir el día de ayer? ¿Crees que puedes corregir lo malo que hiciste hace unos años? No, no, no se puede. Lo hecho, hecho está. Y listo.

RITA: ¿Y… qué procede, entonces?

FUNCIONARIO: Volver a empezar.

RITA: ¿Es en serio?

FUNCIONARIO: Sí, tendrás que sacar tu cita de vuelta y volver, con suerte, el mes que viene. ¡Siguiente!

RITA: No.

FUNCIONARIO: ¿Perdón?

RITA: No, no, no, no me voy a ir.

FUNCIONARIO: Disculpe señorita, pero debe retirarse, si es tan amable…

RITA: Que no me voy a ir hasta que no esté listo mi trámite. *(Se levanta sobre la mesa y se quita el vestido, tiene una bomba amarrada en la cintura.)* Voy a inmolarme si es necesario, pero de aquí no me voy a ir.

FUNCIONARIO: A ver, niñata, no hagas tonterías. No la líes.

RITA: Oh sí, verás de lo que soy capaz. Mi trámite o nos morimos todos.

FUNCIONARIO: Pero qué es esto, por favor… No estamos en un escenario, esto no es el teatro.

RITA: Sí que lo es y este será mi última performance, será una performance artística. ¡SI NO ME DAN MI NIE HAGO EXPLOTAR LA BOMBA Y NOS MORIMOS! Que nadie se acerque.

RITA *activa la bomba. El* FUNCIONARIO *la mira nervioso.*

FUNCIONARIO: Mira, Rita, Te puedo llamar por tu nombre, ¿verdad?

RITA *pone el «Réquiem» de Mozart.*

RITA: Al final de esta canción, sino me has dado mi documento, ¡kaboom!

El FUNCIONARIO *habla tras la escena como si se tratara de otras personas.*

FUNCIONARIO: No, por favor, no se preocupen, lo tengo controlado. ¿Qué he hecho para merecer esto? ¿Por qué a mí siempre me tocan los chalados de rosca?
RITA: ¡Quedan dos minutos!

RITA *se pone a hacer movimientos corporales, propios de un calentamiento teatral.*

FUNCIONARIO: No es necesario llegar a estos extremos.
RITA: Un minuto y cuarenta segundos.
FUNCIONARIO: Piensa... Piensa en todos los inocentes...
RITA: Un minuto y treinta segundos.
FUNCIONARIO: Te condenarías a vagar por toda la eternidad en un lugar inhóspito...
RITA: Un minuto y quince.
FUNCIONARIO: Como en A puerta cerrada, de Sartre...
RITA: Siempre quise interpretar a Inés.
FUNCIONARIO: ¡Por favor! RITA...
RITA: No gastes tu saliva en ruegos, el tiempo sigue pasando, ¿Es una sensación horrible? ¿Verdad? ¡Un minuto!

FUNCIONARIO: Está bien. creo que podemos llegar a una tregua. Te haré el trámite.

RITA *pone pausa a la bomba y apaga la música.*

RITA: Muy bien. Pero vamos a ser más eficientes. (RITA aprieta unos botones desde su cinturón.) Tienes tres minutos más para agilizar mi trámite.

FUNCIONARIO: ¿Qué? ¡Pero eso no es posible, eso toma tiempo!

RITA: A que puedes hacerlo, ustedes los FUNCIONARIOS, cuando se lo proponen, pueden ser muy eficientes.

El FUNCIONARIO *empieza escribir y rellenar datos en la computadora de forma rápida y mecánica.*

FUNCIONARIO: Pero hay cosas que igual toman su tiempo.

RITA: Así no vas a llegar a ninguna parte.

FUNCIONARIO: Lo que estás haciendo es muy cruel.

RITA: La vida es así, lo dijiste. ¡Rápido!

FUNCIONARIO: Solo haces eso porque estás en una situación de poder.

RITA: Así como tú lo estabas hace un momento.

FUNCIONARIO: Yo solo cumplía con mi deber.

RITA: ¿Haciéndome preguntas absurdas cumplías con tu deber?

FUNCIONARIO: Entre tú y un soldado en Gaza matando civiles no hay mucha diferencia.

RITA: ¿Pero qué dices?

FUNCIONARIO: Que eres igual a un genocida, eres igual a Hitler…

RITA: ¿Perdón? ¿Qué acabas de decir?

FUNCIONARIO: Eso.

RITA: ¿Hitler? ¿Me estás jodiendo? Tú, que estás sentado allí, con tu culo tieso detrás de un escritorio todo el día, con tu café y tus ínfulas de demiurgo, diciendo: le falta un trámite, firme aquí, firme de nuevo, no está completo... ¿Acaso tienes idea de todas las cosas que estas personas han tenido que pasar para llegar aquí? Te han dado un pequeña brusca de poder y cuando se te exige un poco mira en el monstruo que te conviertes... ¡Por favor!

FUNCIONARIO: No me vas a voltear la tortilla, esta vez no. El único monstruo aquí eres tú. Siempre fuiste así de impulsiva y de cruel. Nunca te importaron los otros, qué te haces ahora.

RITA: ¿Nos conocemos?

FUNCIONARIO: Sí, Rita. Yo soy el chico que se sentaba atrás de ti en el colegio y al que le hacías bullying.

RITA: No, no, no, esto tiene que ser una broma. Una broma terrible.

FUNCIONARIO: Y creí que te había olvidado, hasta hoy, que te vi entrar por esa puerta. Y todo el pasado volvió a mí. Sí, me volví a sentir tan mierda como ese año que me senté detrás tuyo.

RITA: No, no, esto no puede ser. ¿Dónde está la cámara? Ya fue la broma.

FUNCIONARIO: No, no es una broma. Ojalá lo fuera, pero no y aquí estamos, como en una obra de teatro.

RITA: ¿Quién te está pagando? Mario, ¿verdad? Maldito pajero acosador, nunca pudo superarme.

FUNCIONARIO: Nadie me está pagando. ¿Te das cuenta de que todos los maltratadores siempre le echan la culpa a los demás?

RITA: Yo no soy una maltratadora. Mira, está bien. Lo lamento si en el pasado te hice algo, era una adolescente, pero yo no soy así hoy.

El FUNCIONARIO *la mira de arriba abajo.*

FUNCIONARIO: Y lo dices con una bomba en la mano.

RITA: ¡Mierda la bomba!

RITA *la desactiva y se vuelve a poner el vestido.*

FUNCIONARIO: Toma aquí está tu NIE.

RITA: Gracias, era todo lo que necesitaba.

FUNCIONARIO: Aunque no sé si lograrás salir con toda la policía allá
afuera.

RITA: No lo había pensado. (RITA se asoma.) Mira, Héctor, lamento
mucho que me hayas conocido en el pasado bajo esas circuns-
tancias. Y que nos hayamos encontrado así… Ahora bajo estas
circunstancias… No sé, tal vez, ¿te gustaría que fuéramos al tea-
tro un día de estos?

Pausa. El FUNCIONARIO *la mira asombrado.*

FUNCIONARIO: Sí, estaría bueno ir al teatro. Me haría bien salir de
estos cubículos.

RITA: Vale. Ya tienes mi número.

FUNCIONARIO: ¿Lo tengo?

RITA: En la hoja de los datos.

FUNCIONARIO: Es verdad. ¡Qué cabeza la mía!

RITA: Hasta pronto, Héctor.

FUNCIONARIO: Hasta pronto, RITA.

RITA *se asoma por la puerta y regresa.*

RITA: Espera, creo que voy a necesitar un último favor.

FUNCIONARIO: ¿Qué?

Rita *saca una pistola y se la pone en la cabeza al* Funcionario.

Rita: No te preocupes. Es de juguete. Sígueme el juego e improvisa, como en el teatro. VOY A SALIR Y ESTOY ARMADA. Y LE VOY A VOLAR LOS SESOS A ESTE TIPO SI NO ME DEJAN EL PASO LIBRE.

Rita *sale con el* Funcionario *apuntándole en la cabeza. De fondo, se escucha «It's a Wonderful World» de Frank Sinatra.*

Telón.

VII Concurso de microrrelato

No hay galletas
Elisa Fernández Rodríguez

Mi actividad favorita de los domingos por la mañana, sobre todo
cuando hace sol, es coser. Me siento en el sillón al lado de la ventana
de la cocina y saco mi caja de la costura: la típica, la azul de las ga-
lletas danesas, que siempre tiene agujas, hilos, botones y tijeras afi-
ladas. De todo menos crujientes dulces de mantequilla. Me encanta
bordar, pespuntar y festonear, pero siempre he tenido una cierta
debilidad por zurcir. Aprendí de pequeña remendando agujeros en
medias y calcetines. Ahora, normalmente cojo las tijeras y corto el
tejido en dos o en forma de cruz, para poder cerrarlo después con
hilos de colores. Cuanto más lío los hilos entre sí más bonito queda
el zurcido, especialmente si mezclo tonalidades distintas. A veces los
cuerpos aún están calientes y sangran, lo cual me molesta porque se
empapan los hilos de rojo, y el rojo es el color que menos me gusta.
Entonces espero a que se enfríen del todo, los lleno de azul, verde
y amarillo, y luego los guardo en el armario, donde tampoco hay
galletas, solo tejidos.

Receta fallida
Abraham del Río Serantes

Un ¡bum! repentino y la orquesta sinfónica despertó. La vajilla Duralex marcó el inicio de la melodía con un piano fortississimo subito ¡crag! al que pronto se unieron los ¡plaf!, ¡clonc! y ¡plum! de los cuadros, que hasta entonces habían esperado la dirección de la batuta adornando las paredes. Los últimos acordes los dieron los ¡tric!, ¡tris!, ¡tric!, ¡tris!, ¡tric!, ¡tris! de las botellas de vino sabor madera de tonel y barrica.

Mi cocina había saltado por los aires, pero los cinco segundos que duró la pieza de música gastroclásica yo los viví desde el coche cuna de mi habitación. No pude hacer menos que dar la nota final con un llanto que recordaba a un trombón.

CAUSA DE ORFANDAD

Marque con una cruz la casilla que corresponda:

☐ Las dotes culinarias de mamá, quien quería cocinarnos un riquísimo potaje de garbanzos aquel día, así que, apenas hubo picado las amarilidáceas, fue a encender uno de los fogones para sofreírlas.

☐ La hipoacusia parcial de papá, a quien le había parecido escuchar el clic salvavidas entre válvula y regulador cuando, la noche anterior, acopló incorrectamente al depósito la nueva bombona de gas propano.

VII CONCURSO DE MICRORRELATO
Accésit

La ceremonia
Irene Bodega Casado

Arturo se vistió con su traje negro recién planchado, comprado exclusivamente para la ocasión. Se ajustó la corbata y se miró al espejo. Nunca había estado tan elegante.

Pero, como sabía que sucedería, él no era el centro de atención en la iglesia, sino Cristina: estaba preciosa con su pulcro vestido blanco, sus cabellos perfectamente peinados, rodeada de flores; parecía un ángel.

Él se pasó toda la misa esperando el momento de poder besarla. Y, cuando por fin pudo hacerlo, el párroco se le acercó por detrás y le posó una mano sobre el hombro.

—¿Durante cuánto tiempo la has amado? —le preguntó.

—Durante más de veinte años —respondió Arturo. Al instante, una lágrima resbaló por su mejilla—. Ojalá hubiera tenido valor para decírselo —añadió en un susurro.

Y cerraron el ataúd de Cristina.

Confusa, miré a mi acompañante en busca de una explicación,

pero solo recibí un encogimiento de hombros: «Interpretaciones muy distintas del Manifiesto, al parecer, no hay sitio para ambas en un pueblo tan pequeño», dijo.

VII CONCURSO DE MICRORRELATO
Accésit

El amigo invisible
Lucía García-Gil Simancas

El día de mi muerte coincidió con su décimo cumpleaños. Acudí a su llamada en cuanto su mente comenzó a imaginar. Con el paso de los años, la escurridiza realidad se acabó filtrando en su cabeza. Goteras que comenzaron a inundar nuestro refugio. Y yo, como un reflejo cuyo dueño se comienza a alejar, me fui desvaneciendo paulatinamente.

La caída
Gloria Derval

Al tropezar la señora, un gorrión se posó en el helado del niño. El niño no se inmutó, al menos no durante ese preciso instante en el que la señora viajaba por el espacio infinito entre el asfalto y las estrellas. El gorrión la miraba alzando el vuelo. El niño se apresuró en vano, pues no llegó a atrapar al pajarito. La mujer, en contra de lo estimado, escapó hacia arriba.

VII Concurso de humor gráfico

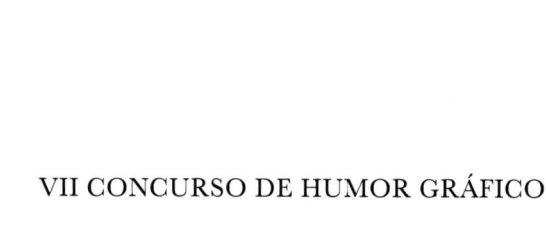

VII CONCURSO DE HUMOR GRÁFICO

El jurado ha declarado esta modalidad desierta.